LES CÉLÉBRITÉS D'AUJOURD'HUI

Jules Claretie

PAR

GEORGES GRAPPE

BIOGRAPHIE CRITIQUE
ILLUSTRÉE D'UN PORTRAIT-FRONTISPICE
ET D'UN AUTOGRAPHE
SUIVIE D'OPINIONS ET D'UNE BIBLIOGRAPHIE

PARIS

LIBRAIRIE *E. SANSOT & C*ⁱᵉ ÉDITEURS

53, RUE SAINT-ANDRÉ-DES-ARTS, 53

MCMVI

Jules Claretie

PAR

GEORGES GRAPPE

BIOGRAPHIE CRITIQUE
ILLUSTRÉE D'UN PORTRAIT-FRONTISPICE
ET D'UN AUTOGRAPHE
SUIVIE D'OPINIONS ET D'UNE BIBLIOGRAPHIE

PARIS
LIBRAIRIE E. SANSOT & Cie ÉDITEURS
53, RUE SAINT-ANDRÉ-DES-ARTS, 53

MCMVI

JULES CLARETIE

A Raymond Figeac.

« Jusqu'à la fin, je resterai curieux des livres, des hommes et des choses. »

« J'entrais dans cette vie littéraire si heurtée, si bizarre le jour où mourait la bohème. Jamais d'ailleurs cette bohème ne m'eut tenté. »

J. CLARETIE

Jules-Arnauld Claretie est né le 3 décembre 1840, à Limoges.

Au second volume de son *Histoire de France*, Michelet trace un admirable tableau des caractères qui différencient chaque tempérament provincial. Comme des fées magnanimes, fantaisistes et spirituelles, groupées autour des berceaux de la France, chacune de ces marraines — qu'elle s'appelle l'Anjou, la Franche-Comté ou la Provence — dote l'enfant venu au monde, sur la terre qu'elle habite, de qualités originelles. Ainsi, conte le grand historien, la bonne dame Limousine pourvoit ses filleuls d'une nature « honnête, mais lourde, timide et gauche par indécision ».

Voici bien, semble-t-il, une première esquisse du tempérament de M. Claretie ! Cependant, en y regardant de bien près, l'on reconnaît que certains traits portent à faux. Lourd..., gauche par indécision ?... Non pas. Timide sans doute et honnête certainement. Mais cette vertu et cette qualité, encore que toutes deux tendent à disparaître, serait-ce suffisant pour donner de la ressemblance à un portrait ? Il ne le semble pas. Et j'avoue qu'après avoir lu cette ligne, je me sentais toujours aussi embarrassé lorsque l'idée me vint de poursuivre ma lecture : « Le bas Limousin, ajoute Michelet, est autre chose ; le caractère remuant et spirituel des populations y est déjà frappant. Les noms des Ségur, des Saint-Aulaire, des Noailles, des Ventadour, des Pompadour, et surtout de Turenne, indiquent assez combien les hommes de ce pays se sont rattachés au pouvoir central et combien ils y ont gagné. Le drôle de cardinal Dubois était de Brives-la-Gaillarde » (1).

Je me trouvai rassuré.

En reprenant, en choisissant parmi ces traits : « honnête, timide, remuant — je préférerais actif — spirituel, attaché au pouvoir central » il me parut que l'on pouvait se faire une première idée, assez exacte, de ce tempérament d'écrivain ?

Il ne conviendrait d'ailleurs pas d'oublier que

(1) Michelet : *Histoire de France* ; T. II, page 28.

la famille de M. Claretie est originaire de Guyenne. « Le pays de Montesquieu et de Montaigne », nous suggère tout aussitôt Michelet. Ses ancêtres étaient périgourdins, de Saint-Alvère et de Ratevoul, deux villages situés non loin de Bergerac...

*

L'enfance de M. Claretie s'écoula à peu près entière à Limoges. En mettant bout à bout quelques confidences, très sobres, recueillies de çi de là, au cours de son œuvre, nous pouvons essayer d'en reconstituer les traits principaux.

L'enfant, dans le milieu de vieille bourgeoisie où il était venu au monde, dut être choyé, gâté même autant qu'il est possible par ses « bons et chers parents ». L'intérieur familial, confortable sans luxe, heureux plutôt que joyeux, lui assura une croissance exempte de péripéties bien importantes. Les semaines succédaient aux semaines, partagées entre la première éducation, indulgente et ferme tout à la fois, et ces intimités d'autrefois que les générations nouvelles semblent de moins en moins connaître. Les dimanches, on le conduisait en promenade, le long des allées du Champ de Juillet. C'était là un de ces mails provinciaux de jadis, chers à M. Bergeret, où l'on aimait flâner les jours de fête pour croiser les amis et respirer un air un peu plus pur que celui du reste de la ville :

« Quand je m'écartais du chemin, a écrit M. Claretie, pour courir ramasser un de ces insectes propres et alertes qu'on appelle là-bas un *cinq sous* ou quelque cétoine noire, verte ou couleur de citron — une *bête à bon Dieu*, comme on dit à Paris — j'entendais mon père et ma mère, tout charmés, se dire bien bas, avec ces espoirs fous qu'on place sur la tête des petits : « Ce sera un Cuvier !... » J'ignorais alors ce que c'était que Cuvier, mais je connaissais mieux qu'aujourd'hui bien des espèces d'insectes ».

Sa grande passion était alors l'histoire naturelle. Aux vacances seulement, l'enfant pouvait librement satisfaire ce penchant. On l'envoyait, en effet, en août et septembre, chez son grand père, à Ratevoul, en pleine campagne périgourdine. Ses parents, après mille recommandations, l'ayant confié au conducteur, lorsqu'on ne trouvait personne de connaissance, le faisaient monter dans la vieille petite diligence qui l'emportait, mélancolique et joyeux tout à la fois, vers ce paradis auquel il rêvait dix mois chaque année, vers la vieille maison familiale, datant du siècle passé, dont la grande porte de bois s'ouvrait en grinchant.

Lorsque cet huis antique était dépassé, il se trouvait dans la cour, toute plantée de gros arbres séculaires, sur les branches desquelles s'ébattaient, braillardes, des pintades, vêtues d'une robe argentée. Il courait, aussitôt sauté du cabriolet, à travers les premières pièces de la vieille demeure, qui lui était familière, vers « le grand salon aux boiseries blanches et aux consoles Louis XVI où se tenait d'ordinaire le grand-père, lisant son journal auprès de la haute fenêtre qui faisait pendant à la porte vitrée s'ouvrant sur la terrasse ». M. Claretie a tracé au cours de ces pages que je cite, mises

« en guise de préface » au seuil de *Pierrille*, — sa première œuvre — un joli portrait du vieillard :

« Tête fine et fière, profil net et élégant, la lèvre et le menton rasés, un beau sourire, découvrant à soixante-douze ans, des dents irréprochables, une chevelure d'un blanc d'argent sur un front hautain, cette physionomie d'aïeul ne m'est point sortie de la mémoire. J'entends encore la voix railleuse du vieillard, je le vois, toujours sur son petit cheval noir trottant vers Saint-Alvère avec sa canne à pommeau d'or tenu à son poignet par un cordonnet de cuir ».

Cet attardé du XVIIIe siècle, sans doute sceptique et désabusé, meurtri par la vie, mi-seigneur, mi-bourgeois, comme l'étaient bon nombre de propriétaires ruraux au crépuscule de la monarchie, devait sourire, avec une tendresse amusée, à ce bambin qui venait jeter dans sa solitude le cri d'un âge renouvelé. On devine l'émotion du vieillard, dissimulée derrière quelque boutade, à l'arrivée du petit-fils, les conversations de haute tenue, toutes nourries de souvenirs entre le survivant d'une époque déjà lointaine et l'enfant à l'esprit ouvert qui distrayait la fin de cette longue existence. Il ne serait pas étonnant que M. Claretie dût à ces causeries avec ce vieillard, d'esprit vif, le meilleur de son goût pour l'histoire de la Révolution et tous les souvenirs qui se rattachent à cette période. La tradition girondine devait se perpétuer dans ce pays, qui avait vu passer les fugitifs du parti...

Peu à peu cependant, la chasse aux papillons, la cueille aux insectes, sans doute attiraient moins l'adolescent. Dans ce milieu de bonne culture —

celui de l'ancienne société bourgeoise — d'autres goûts le gagnaient insensiblement. A Ratevoul, il y avait sur une des deux grandes armoires à boiserie du salon, des livres anciens, des estampes de la bonne époque et même de vieilles gravures du XVIᵉ. Ces volumes, in-folios, reliés en veau fauve, elzévirs couverts de parchemins, livres à chappe, romans dépareillés, contes de Crébillon fils ou tomes égarés, des *Mémoires d'un homme de qualité* peut-être, éveillaient une nouvelle curiosité dans ce jeune cerveau : « J'ai pour la première fois parcouru là le vieux Corneille et cet autre livre, qui m'amusait tant, les *Aventures du Baron de Fœneste*, de Théodore Agrippa d'Aubigné, dans l'édition d'Amsterdam de 1731 ».

Je m'attarde volontiers à conter ces vacances, qui duraient à peine quelques semaines chaque année, pour cette enfance, ainsi qu'il nous advint à nous-mêmes. Plutôt que le triste décor, sombre et mélancolique de Limoges, je me plais à situer cette première jeunesse de M. Claretie dans ce milieu périgourdin. Je le vois dans un cadre sculpté, décoré des attributs chers à la pastorale des dernières années du XVIIIᵉ siècle. La houlette, le râteau et le grand chapeau de bergère qui plaisaient tant à Marie-Antoinette dominent cette estampe. A peine, pour que ce cadre soit exactement reconstitué, faudrait-il ajouter le faisceau des Licteurs, mêlé aux symboles de l'âge précédent. Et puis encore, si je le choisis de préférence, c'est aussi qu'en dehors de ce pittoresque, qui me paraît avoir beaucoup plus que Limoges marqué

le talent du futur écrivain, il me semble que quel-
ques-unes des impressions, les plus fortes dont
s'empreint l'enfant et qu'il retrouve parvenu à
l'âge d'homme, ce sont celles de ces heures de
vacance et de liberté, savourées loin des villes,
en pleine griserie de la nature. Lorsqu'au fond de
son fauteuil de travail, la nuit, après une soirée
de labeur, M. Claretie, la pensée libérée des soucis
de son état, laisse venir devant lui les souvenirs
d'antan, j'ai bien envie de croire que ce sont deux
de ces scènes de Ratevoul qu'il revoit de préférence, au milieu de ces cadres anciens que je dessi-
nais tout à l'heure. L'une doit représenter le
grand salon tout blanc de la vieille maison.
L'aïeul, debout près de la fenêtre qui ouvre sur
la terrasse, tambourinant les vitres d'un doigt
distrait, les livres jonchant les meubles, les
estampes à terre, les armes au râtelier. L'autre,
où se dessine l'ample paysage fuyant vers Saint-
Alvère, bordé de châtaigniers aux frondaisons superbes, semé de bruyères roses d'où s'envolent
des compagnies de perdreaux, égayé de ci de là
par le coloris rouge ou jaune des oronges. La
première de ces images revenues du fond du
passé, c'est la scène de vieille bourgeoisie disparue,
intime et attendrissante, sous laquelle il faudrait
écrire La Famille ; l'autre, c'est la vision parfumée
et enivrante du pays : Le Sol... Ce provincial,
qui aujourd'hui est regardé comme un des parisiens les plus parisiennants, n'a malgré les méta-
morphoses imposées par le caprice de la destinée,
jamais cessé d'être au fin fond de lui-même, der-

rière la façade sociale, le petit fils du bourgeois aristocrate de Ratevoul, près de Saint-Alvère, en Périgord.

*

Vers 1851, la famille de M. Claretie vint habiter Paris. L'enfant, pour continuer ses études fut placé au collège Chaptal. Le sortilège avait sans doute dès cette époque exercé toute son influence :

« Ma passion d'écrire était telle dès le jeune âge, écrivait-il récemment (1), que j'avais fondé au collège Chaptal où j'étais élève, un journal manuscrit intitulé l'*Abeille*, que je rédigeais à moi seul.

L'abeille était le signe distinctif des élèves de Chaptal. C'est dans l'*Abeille* que je publiais mes premiers romans, car le journal qui avait un premier Paris, des échos et des variétés littéraires, avait aussi un feuilleton. Mes camarades, naturellement, raillaient et critiquaient fort les feuilletons de l'*Abeille*. Un jour j'annonçai un roman de mœurs corses, sans nom d'auteur. On le crut de moi comme les autres et on le trouva... exécrable. Dans le numéro suivant, je fis paraître une petite note ainsi conçue : « Le roman dont l'*Abeille* a commencé la publication dans son dernier numéro est de M. Prosper Mérimée, de l'Académie Française. » — C'était *Colomba*. »

Nul échotier vieilli sous le harnois n'eut su mieux tourner le *filet* et décocher la flèche du Parthe... journaliste. Emile de Girardin eut certainement embrassé l'éphèbe pour ce beau trait, auquel il eut pu reconnaître et son sang et son fils. Mais à cette heure, les études ne permettaient pas à l'enfant de cultiver sa vocation précoce. L'*Abeille* mourut, comme les feuilles, celles mêmes

(1) *Les Annales Politiques et Littéraires*, nᵒ de Noël 1905.

que ne chanta pas Hégésippe Moreau. Il puisa dans les classiques, consacrés, et les auteurs qui devaient à leur tour devenir les émules de ceux-ci, les romantiques, cette culture qui prépare les nouvelles générations d'écrivains. Près d'une mère intelligente, fière et bonne, il développait ces heureuses dispositions. Dans le petit appartement de la rue de Paradis-Poissonnière, où ils étaient venu habiter, en arrivant à Paris, celle-ci « laborieuse, penchée sur la porcelaine de son fin pinceau, couvrait l'émail de bleuets et de myosotis, les fleurs aimées. La femme supérieure qu'elle était passait de l'atelier qu'elle dirigeait au livre nouveau, à la page préférée. Et, dans les veillées d'hiver, je faisais moi-même à haute voix, aux peintres sur porcelaine, les lectures qu'elle m'indiquait. Et nous commentions ainsi, pour ces travailleurs qui nous aimaient, *Hernani, Ruy Blas, le Cid*. C'était le « théâtre lu », une sorte de causerie familière accompagnant la lecture. »

✳

Évidemment, le goût littéraire de l'enfant, devenant jeune homme, se développait. Il avait besoin d'un milieu, plus conforme à ses goûts, que le collège Chaptal. Sa famille le fit passer au lycée Condorcet, qui, sous le régime impérial, s'appelle toujours lycée Bonaparte. Mais, ainsi qu'il était de mode, à cette époque, parmi les dames, de porter la crinoline, on trouvait utile de ne pas placer directement les enfants dans les lycées. Les triomphes universitaires, décrochés

bruyamment et bien involontairement vers 1848
par l'institution Massin et quelques autres impo-
saient aux petits deux geôles au lieu d'une seule.
Ils entraient, chose admirable, dans ces établisse-
ments mouche du coche universitaire pour...
suivre des cours ailleurs. Lauriers de Taine,
d'About et de Sarcey, qui vous balanciez, brillants
et toujours verts, au-dessus du lit, durant le
sommeil des mères ambitieuses, vous ne saurez
jamais le nombre d'adolescents qui « s'embêtè-
rent » à cause de votre éclat, dans ces « boîtes »
extraordinaires ! On vendait là, à des adolescents
qui s'en fussent bien passé, un peu de latin et
beaucoup de crocodiles scientifiques... Les ratés
de l'université s'embauchaient comme pions chez
ces marchands de soupe. Ils assumaient, n'ayant
pu personnellement réussir, de faire réussir les
autres. Il y a fort à parier que ce n'est pas à
l'institution Carré-Demailly que M. Jules Claretie
fit le meilleur de sa culture.

Lorsque l'on était bien avec le petit Chose de
« service », on pouvait néanmoins tirer quelques
avantages de cette servitude. Cela permettait sans
doute, de griller, entre l'institution et le lycée,
quelques cigarettes. Et puis, l'on prenait l'air de
la rue. A quinze ans, l'on pardonne beaucoup
en faveur d'une telle considération. Jadis ainsi
qu'aujourd'hui — car il existe encore, comme de
l'Auroch, quelques spécimens de ces espèces dis-
parues, — on lisait en cours de route, sous le
manteau, c'est-à-dire sous le capuchon, les petits
journaux défendus par l'Empire : « Plus d'une fois,

a écrit M. Claretie, au coin de la rue Saint-Lazare, nous *filions* alors par le passage du Havre et nous avions, courant les Libraires ou prenant le train pour Asnières, quelques moments de liberté. »

Au lycée, on était des élèves, ni meilleurs ni pires qu'en un autre temps. Ce n'est pas parce que j'écris la biographie de M. Claretie que je me croirai obligé de dire qu'il fut au collège un phénix universitaire, — ce qui n'a jamais d'ailleurs rien prouvé. Mais, à cause de l'époque, l'on agrémentait l'aridité des études de quelques intermèdes. Pour être l'expression d'une ardente conviction, ces manifestations politiques n'en constituaient pas moins un délassement appréciable. On traduisait Tacite avec passion ; l'on ne trouvait jamais trop difficile à expliquer cet auteur, qui fournissait tant de traits — et de si immédiats — contre le « tyran. » Aux banquets de la St Charlemagne, on débitait des vers satiriques contre l'Empire. Aux distributions de prix, devant le maréchal Magnan, « dont la large oreille rougissait, » ou devant le vieux Portalis, présidant, on faisait courageusement entendre un murmure de désapprobation contre le proviseur, M. Gros, lorsqu'il célébrait les bienfaits du régime. Enfin, on « lâchait même les rangs » de l'institution Carré-Demailly pour aller suivre le cours de Saint-Marc-Girardin, en Sorbonne, bourré d'allusions, fameuses alors, contre le gouvernement.

*

Saint-Marc-Girardin, comme vous seriez oublié

si... et comme vous êtes déjà oublié, quoique
vous ayez représenté « l'opposition sous les
César, » au temps même ou Constant Martha
écrivait ce livre intéressant, bien que polémique !
Vous représentiez la pensée libre. Vous étiez le
symbole de l'indépendance pour toute une jeunesse, qui venait à vos leçons et s'enivrait de vos
paroles, comme si vous eussiez dit des choses
éternelles ! Votre collègue Nisard, aux yeux de
vos disciples, incarnait la bassesse d'âme pour
avoir ingénieusement composé sa théorie des deux
morales. Vraiment, comme tout cela est loin et
comme je vous eusse sans regret laissé reposer
côte à côte, dans la mort, sans doute enfin accordés,
si mon sujet ne m'avait fait buter en chemin
contre votre pierre tombale !...

✱

Il ne faut pas évoquer les morts trop longue-
ment, d'autant qu'aujourd'hui, les prosopopées
sont bien désuètes. Mais, vraiment, et croyez-moi,
celle-ci ne fut point trop amenée par artifice.
Elle fut une exclamation naturelle provoquée
par l'étonnement de voir M. Jules Claretie à tel
point notre contemporain, et ces vieux universitaires, si lointains de lui comme de nous... Des
deux cependant, de Saint-Marc-Girardin et de
Nisard, c'était bien ce dernier qui était le plus
dans le mouvement. Et sa théorie des deux morales n'était pas si... immorale, après tout, puisque
d'abord, elle correspondait à un état de choses
réel et puis encore, puisque si elle justifiait

« l'opération de police un peu rude », elle réservait d'autre part une autre façon d'envisager les choses.

Les deux morales ! M. Jules Claretie eut vingt ans, au temps des deux morales. Et, pour vous indiquer l'état de la société au moment où il entrait ainsi dans la vie, à sa sortie du collège, il me semble que je ne saurais trouver un meilleur cadre que celui-ci. Il y avait en effet deux sociétés, comme il y avait deux morales. L'une, qui comprenait tous les hommes de « la grande aventure », tous ceux qui s'étaient groupés autour de Napoléon le Petit, sortant de la légalité pour rentrer dans le droit — phrase fameuse qui eut l'art de calmer les scrupules des gens qui n'en avaient pas et leur permit, pendant dix-huit années, de satisfaire tous leurs désirs de jouissance effrénée. Les Tuileries et Compiègne, Sébastopol, Inkermann, Magenta, Solférino, toutes les fêtes, toutes les équipées militaires mêlées ensemble ; un régime de bals masqués, de politique secrète, d'indécision et de plaisir ; un empereur intelligent, à l'intelligence pervertie par le romantisme politique ; une souveraine merveilleusement belle, sans doute calomniée, reproduisant à un peu moins d'un siècle de distance, les charmes et les frivolités d'une reine de France ; une cour brillante et mêlée où se rencontraient la plus vieille aristocratie étrangère et les parvenus du régime ; des soldats heureux, des Corses, les gens du coup d'état, des carbonari délégués de toutes les *ventes* d'Europe auprès de l'adepte parvenu. Splendide aplomb

des Saint-Arnault, intelligence des Morny, cour-
tisanerie des Persigny, habileté des Haussmann,
toute cette tourbe rentrait dans le décor follement
magnifique, merveilleusement artiste, de la Cour,
se fondait en anonymat au milieu des diplomates,
des artistes, des jolies femmes, irresponsables de
la malhonnêteté plus ou moins grande de leurs
époux. Gloire des Castiglione, des Waleska et des
Metternich, tourbillon des bals du palais, dan-
dysme de Grammont-Caderousse et des Orsay,
équipages des derbys, daumont des femmes de
souverains, meutes de chasse, ivresse des rentrées
triomphes de nos troupes, émerveillement des
boulevards tout fraîchement percés, joie populaire
et aristocratique. Soupers et bacchanales du café
Anglais, de Tortoni, de Brébant ou de la maison
Dorée, premières d'Offenbach aux flons-flons
chantés par la Schneider, la Duverger, Cora Pearl
ou Anna Deslions... Tout cela se mêlait et éblouis-
sait, parodie gracieuse de tous les luxes, de tous
les sentiments, de toutes les amours, de tous les
arts et de toutes les épopées, joyeusement, indul-
gemment commentée par les Athéniens sceptiques
du dîner Magny, les Sainte-Beuve, les Mérimée,
les Houssaye, les Saint-Victor et les Gautier, amis
sincères à la fois de La Païva et de la princesse
Mathilde...

Mais, pour excuser l'Empire, il fallait avoir
passé l'âge des enthousiasmes, avoir doublé cette
quarantaine qui dispose à l'indulgence ceux qui
ont réussi dans la vie. En face des Tuileries, de
l'autre côté de la Seine, qui coule sans connaître

les régimes, qui assiste sereine aux hasards de l'histoire, sur la rive gauche, se trouvait toute une jeunesse qui n'acceptait pas aussi facilement les réalités. Il est bien rare d'ailleurs que la jeunesse accepte les réalités. Elle se composait alors d'étudiants, comme jadis et comme aujourd'hui, mais aux préoccupations littéraires qu'elle avait connues avec le romantisme, étaient venus s'adjoindre des soucis politiques. De la pension Laveur, où mangeaient chichement et d'ailleurs gratuitement — au moins pour l'instant — Gambetta, Floquet Pelletan, Spuller et tant d'autres, qui devaient devenir un jour l'« aristocratie républicaine », partaient les premiers bruits de la révolution. Les vitres du Procope tremblaient lorsque quelqu'un de la bande déclamait au milieu des camarades, des maîtresses, — O Phryné, modèle de Gérome... — des soucoupes empilées et de la fumée des pipes quelque morceau des *Châtiments* ou quelque bribe de pamphlet, venus de Bruxelles ou de Genève. On remontait en pélerinage les vieilles rues du Quartier. On visitait pieusement, quoique bruyamment, les endroits où l'on s'était battu pour la République en 1830 et 1848, aux alentours de la montagne Sainte-Geneviève... On acclamait J. Simon, Michelet, Vacherot, Béranger, Prévost-Paradol, mais on ne s'occupait pas seulement de politique. On ne dénonçait pas uniquement les méfaits du tyran à ses débauches. Il y avait une véritable, profonde, sincère et utile camaraderie — ce mot qui revient si souvent sous la plume de M. Claretie — entre les artistes et les futurs politiciens. On récitait des vers, même lorsqu'ils ne venaient pas de Jersey. On lisait les œuvres même lorsqu'elles n'étaient pas signées du nom d'un exilé. Daudet, ici et là, nous a peint d'amusants tableautins de ce milieu et de cette époque, de ce pays de la morale unique et de cette société en herbe, très méridionale et très sincère néanmoins, très enthousiaste et très artiste aussi, où M. Claretie avait ses plus chères amitiés de vingt ans... C'était sous l'Empire alors que, comme l'a dit Forain, la République était belle.

*

Dans ce milieu, très remuant, on éprouvait le besoin d'écrire presque autant que celui de parler. Mais les journaux ne reconnaissaient pas volontiers du talent à un littérateur, nouveau venu, qui se réclamait, plus ou moins timidement d'ailleurs, de l'opposition. Un véritable artiste, au gré du directeur des organes contemporains, ne devait pas avoir d'opinion politique et encore moins être républicain. Volontiers, on eût prêté le style du père Duchesne à tout admirateur de la Révolution.

Le besoin crée l'organe. Frappés d'ostracisme par les grands journaux, les nouveaux venus fondèrent de minuscules revues et de petits journaux, où, en toute tranquillité, ils purent former leur talent. Ainsi, pour chaque génération, les périodiques des jeunes sont les laboratoires nécessaires à la formation de la génération suivante d'écrivains.

Sous l'Empire, ils furent nombreux. Pour deux raisons : la première, c'est que cette jeunesse croyait plus qu'une autre avoir beaucoup à exprimer ; la seconde, parce que le gouvernement réduisait pour un rien au silence le nouveau paru... Ecrire la biographie de M. Claretie, c'est forcément écrire au moins brièvement l'histoire de tous les journaux, car il collabora simultanément aux uns et aux autres.

Il débuta en 1854, au *Diogène*. Il n'avait pas encore tout à fait vingt ans : « Le jour où je vis mon nom imprimé pour la première fois, racontait-il quelques années plus tard dans le *Nain Jaune*, on portait, je m'en souviens, Murger au cimetière... J'entrais dans cette vie littéraire si heurtée, si bizarre, le jour où mourait la bohème. Jamais d'ailleurs, cette bohème ne m'eut tenté. Ce qui lui manque, au fond, c'est la passion. Elle n'est pas l'amour de la liberté, elle n'en est que le caprice. »

Le *Diogène* était le type des journaux extraordinaires, au temps de Napoléon III. Il paraissait deux fois la semaine et « ne prétendait à rien moins qu'à faire concurrence au *Figaro* bi-hebdomadaire de Villemessant ». On y menait une campagne légère contre le régime et l'on faisait de la littérature. Logé passage Saulnier, dans une petite mansarde, il comptait une rédaction parfois très nombreuse, parfois réduite à M. Jules Claretie tout uniquement, qui faisait alors le numéro à lui seul. Le journal avait pour voisins About et la bonne Virginie Déjazet, qui venait parfois bavarder avec ces jeunes gens. Sous le nom de Paul Walter, Cassagnac y faisait paraître des échos, des chroniques, des fantaisies. Les collaborateurs principaux étaient outre M. Claretie et le futur directeur de l'*Autorité* Ernest d'Hervilly, Jules Lèrmina, Paul Saunières réunis sous le directeur, Eugène Varnières. Il y avait bien certains autres rédacteurs qui, d'un seul coup, occupaient tout le numéro, certains jours, Georges Duclos, Jules de Lussan... Mais ces nouveaux apparus n'étaient que des bonshommes de paille qui masquaient au public la seule personnalité de M. Claretie. Enfin, « le journal payait à beaucoup d'égard la ligne » comme l'a dit spirituellement Ernest d'Hervilly... Mais le journal se transforma et devint surtout politique avec L. Duvernois, Alf. Assolant, M. H. Pessard et de Fonvielle; c'était en 1862, M. Claretie y resta chargé de la critique littéraire.

Un seul organe ne pouvait suffire à l'activité du jeune chroniqueur, qui était déjà prodigieuse. Il entrait bientôt à *La France*, sous le pseudonyme d'Olivier de Jalin, à *La Presse*, à *La Patrie* (où il publia *Une Drôlesse*) à *La France*, M. de la Guéronnière étant directeur, à la *Revue Française*, à l'*Artiste* avec Arsène Houssaye (Galerie des Artistes Contemporains), au *Figaro* (en collaboration avec Ch. Monselet il publiait un article hebdomadaire d'échos sous la signature de M. de Cupidon 1862). Ici et là, il faisait un rude et consciencieux apprentissage de journaliste. C'était le temps où Aurélien Scholl était le roi des chroniqueurs et M. Claretie s'essayait bien à

manier cette verve, à distiller cette parisine mousseuse, pétillante, qui s'évente très facilement. Mais,
malgré son habileté qui lui permettait de remplir
son rôle tout aussi bien qu'un autre, il ne tranchait
pas sur la moyenne des confrères. La voie de
M. Claretie était d'ores et déjà comme journaliste
tout autre : il devait créer une autre sorte de chronique, très personnelle, moins frivole, toute bourrée d'anecdotes charmantes — à la manière du
XVIIIe — saupoudrée d'un rien de morale parisienne, je veux dire de philosophie humaine, rien
qu'humaine.

Il avait à cette époque « une physionomie fine
et distinguée, un regard profond et doux (1) ». Le
journalisme ne satisfaisait pas tous ses goûts. En
dehors de cette besogne au jour le jour, il travaillait avec ardeur pour réaliser son rêve ; devenir
un écrivain comme les maîtres de la génération
précédente — moins la bohême, — un romancier
faisant œuvre durable. C'est ainsi qu'en 1863, il
publiait une longue nouvelle d'essai, composée
quatre années auparavant sur les souvenirs qu'avait déposés en lui le paysage et les souvenirs de
Ratevoul. Il l'appelait *Pierrille*. Elle lui valut le
suffrage enthousiaste de George Sand...

*

Ce début dût rassurer le jeune auteur. Et il
semble bien qu'à ce moment il en avait vraiment
besoin. Il hésitait ; il cherchait conseil, appui,
encouragement. Il alla voir Janin, qui lui dit cette

(1). G. de Chervilles.

phrase peut-être profonde, « Mon enfant, il faut songer à avoir un bel enterrement ».

Dans la *Corresponaance* d'Alfred de Vigny — que vient d'éditer pieusement Mademoiselle Emma Sakellaridès (1) — se trouvent, aux dates du 29 au 31 août 1860, deux lettres qui témoignent de cette indécision persistante. M. Claretie avait aussi écrit à l'auteur de *Stello* pour lui exprimer le désir de le voir. C'est cette page même que nous voudrions posséder. Elle nous aiderait à reconstituer l'état d'esprit du jeune écrivain, à cette époque. Les réponses du grand poète nous permettent au moins de le deviner : « Vous voulez me voir, cher monsieur ? Rien de plus facile... Vous saurez en peu d'instants comment vous devez à mon avis vous diriger sur cette mer orageuse des lettres, je vous donnerai quelques conseils que vous n'aurez pas le courage de suivre vraisemblablement ; Mais qu'importe ?... Vous me raconterez quelle a été votre première éducation... Ne m'apportez pas de manuscrit, le temps me manquerait pour le lire... Venez donc après demain, Monsieur, et ne doutez pas de tout l'intérêt avec lequel je vous écouterai. » (2).

M. Claretie, avec une piété très avertie, désirait prendre conseil du superbe maître, vieillissant, à la veille même du jour où celui-ci allait mourir. Mais un « excès de timidité » le retint, après même qu'il avait demandé à Vigny de le recevoir. Il ne vint pas au rendez-vous. Il s'excusa et,

(1). Calmann-Lévy ; 1906.
(2). Loc. cit. p. 318, 319, 320.

celui-ci, avec une bonté dont M. Claretie devait d'ailleurs souvent faire preuve, à son tour, à l'égard des jeunes, lui envoya par lettre, sinon les conseils, — au moins les renseignements qu'il désirait.

Or, ces renseignements nous intéressent, nous aussi. Avant tout, parce qu'ils nous montrent que le jeune et... « brillant chroniqueur », pour employer la formule consacrée, n'était pas du tout assuré de son avenir. Sa timidité, sa modestie lui faisaient craindre d'aborder franchement la littérature, et puis aussi, parce que nous voyons que M. Claretie hésitait entre la poésie et la prose. Il demandait en effet à Vigny les conditions requises pour participer au concours de poésie de l'Académie Française...

Nous ne savons pas si M. Claretie fit enfin connaissance avec le poète d'*Eloa*. Mais il prit part au concours et ne fut pas couronné. Le lauréat fut son futur collègue de l'Académie, Henri de Bornier qui avait accompli ce prodigieux tour de force de trouver des accents lyriques pour célébrer le percement... de l'Isthme de Suez.

*

Ce petit épisode ne fut peut-être pas sans influencer sur sa destinée littéraire. Cet échec le découragea sans doute de la carrière poétique, puisque les seuls vers que nous connaissions de M. Claretie sont les « Compliments » que lui devait imposer un jour sa fonction. Comme beaucoup d'entre nous, il dut rengaîner pas mal de pièces, fiévreusement écrites, en cinq actes et en vers. Mais le succès de *Pierrille* dut le réconforter et l'inciter à suivre cette veine romanesque, à laquelle il n'avait pu s'attacher définitivement, en publiant *Une Drôlesse*, ce feuilleton qui avait paru à *La Patrie*.

D'ailleurs, c'était le temps où il entrait au *Nain Jaune*, que venait de fonder Aurélien Scholl. Il était au *Figaro*. Il publiait en 1863 *Les Ornières de la Vie*, son premier recueil de nouvelles. L'année suivante, il donnait *Les Victimes de Paris* qui comprenait, à côté de nouveaux contes, quelques études documentaires, des biographies mélancoliques de contemporains, trop tôt disparus comme Georges Farcy, Charles Dovalle, Alphonse Rabbe. Volume intéressant, joliment présenté, aujourd'hui assez rare, qui se ressentait malheureusement des exigences de l'édition et qui, superficiel souvent, étonne lorsqu'on songe qu'il est sorti de la plume de ce consciencieux qu'est M. Claretie. En 1865, il publiait coup sur coup une étude remarquable sur *Petrus Borel*, *Le Dernier Baiser*, *L'Incendie de la Birague* et enfin *Les Voyages d'un Parisien*, livre charmant où le jeune auteur note ses impressions de tourisme ici et là, en France, en Angleterre et en Allemagne. Enfin, après s'être révélé comme conférencier, l'année précédente, à la salle — aujourd'hui disparue — de la rue de la Paix, en prenant avec une jolie crânerie de jeunesse le parti de La Fontaine contre Lamartine qui avait parlé dédaigneusement du fabuliste dans ses *Entretiens*, il se voyait retirer la parole, en février 1865, à la salle de la rue Cadet, par ordre du gouvernement, à la suite d'une conférence sur Béranger. C'était la renommée, cette grande gloire, qu'apporte dans la France frondeuse, la plus petite des vexations du pouvoir.

Il semble bien que 1866 soit une des dates importantes de sa carrière. C'est cette année-là qu'il entre à *L'Avenir National*, où il inaugure ces chroniques originales, qui le classent définitivement comme journaliste et qu'il reprendra plus tard au *Temps*, pour constituer aujourd'hui encore, chaque jeudi, un des meilleurs agréments du grand journal.

C'est cette même année qu'il eut son premier grand succès comme romancier, en publiant *Mademoiselle Cachemire* — devenu par la suite *Une Femme de proie* — et *Un Assassin*. — le *Robert Burat* des œuvres définitives, — à propos duquel Sainte-Beuve écrivait : « M. Claretie a touché sa fibre vraie : la vie moderne est là. » Enfin, c'est encore en 1866 que *L'Avenir National* l'envoyait en Italie comme correspondant de guerre pour suivre les opération entre l'Autriche et la nouvelle monarchie de Savoie.

Avec Charles Floquet, avec Louis Noir, Charles Habéneck, il parcourait les rues de Florence, à la veille des batailles qui devaient amener la jeune nation à Custozza, en conduisant à Kœniggraetz les grenadiers prussiens. Ils étaient un petit groupe, des journalistes « très amis de l'Italie et très résolus à pousser à sa délivrance » des artistes comme Marcellin Desboutins, Georges Lafenestre, Sully Prudhomme et Jules Amigue. On adjoignait bientôt un collaborateur qui avait demandé à partir comme rédacteur volontaire et qui n'était autre que... Alexandre Dumas père. Toute cette jeunesse — l'auteur des *Trois Mousquetaires* n'avait que soixante ans — était enthousiaste ; ils étaient des « jeunes gens épris de liberté, des vaillants d'avant-garde parmi les aînés qui sonnaient la diane ». Dans cette Italie d'hier, qu'a reculée dans l'histoire des mœurs l'unification, ils s'enivraient d'espoirs politiques, de volontés belliqueuses, de passions artistiques. Ils visitaient les musées avec le désintéressement de purs esthéticiens, « s'emballaient », guidés par M. Lafenestre, devant les Ghirlandajo, les Botticelli, les Donatello et les della Robbia. Ils assistaient fiévreusement aux délibérations du Parlement. Ils tentaient des excursions dans la campagne florentine, vers Fiesole, s'arrêtaient au retour dans une auberge où, sous la vigne courant à l'antique, le long des colonnettes de pierre, on arrosait la cuisine du pays en buvant l'*Asti spumanti*. Le soir, après des journées anxieuses, émouvantes d'incertitude, on se promenait dans la banlieue ou les jardins de Boboli, bras dessus, bras dessous. L'on échangeait, sur les chemins étoilés de lucioles, bordés d'oliviers gris frissonnant sous la brise, des rêves ambitieux, des espoirs nobles et des idées désintéressées !...

Cette guerre, toute brève, terminée, M. Claretie rentra à Paris reprendre l'œuvre interrompue. A son retour, il mit au point quelques études historiques, auxquelles il travaillait depuis un certain nombre d'années, aux Archives :

J'ai passé là, a-t-il écrit au souvenir de ce temps, dans la petite salle obscure et basse, où l'on ne travaille plus maintenant, les meilleures heures de ma vie, compulsant les dossiers, feuilletant les vieux papiers des commissions militaires, écrivant sur une de ces tables rondes en poirier noir, recouvertes de cuir, qui étaient les tables mêmes où les juges du Tribunal révolutionnaire étalaient leurs dossiers, étudiaient les interrogatoires marqués du *Hic* de Fouquier-Tinville. Nous n'étions pas nombreux alors dans la petite salle laborieuse où chacun, silencieusement, faisait son œuvre... La salle de travail pouvait contenir trente-deux personnes, mais quand on y voyait cinq ou six gratteurs de papier, c'était beaucoup... Il y a quatre-vingts places marquées dans la salle nouvelle... Mais je ne m'attendris qu'au souvenir de la petite salle sombre, où j'ai travaillé jadis avec tant d'ardeur et de foi.

C'était bien « avec ardeur et avec foi » en effet que M. Claretie composait les œuvres historiques, cherchant dans l'Histoire même après son maître Michelet « l'âme même de la patrie ». Ce jeune républicain de jadis était patriote, autant que les soldats de Valmy — et en contant l'histoire de *Camille Desmoulins*, c'était encore la France qu'il prétendait glorifier et magnifier. Lorsqu'il écrivit ses *Derniers Montagnards*, Michelet l'appelait « un chaleureux jeune homme bien digne de toucher aux reliques de l'Histoire », et c'est encore à propos de ce livre passionné et passionnant qu'il disait : « Son livre m'a fait frissonner ». Nul ne saurait oublier que le vieux maître citait ce jeune disciple élogieusement, dans la préface de son *Histoire de France...*

*

La scène tentait aussi le jeune écrivain. Encore qu'il ait prétendu longtemps « qu'il n'avait point fait de théâtre », il y connut de beaux succès — et la centième, si ardemment convoitée par les auteurs dramatiques. En 1868, comme début, il donnait à l'Ambigu *La Famille des Gueux*, un grand drame qui se passait dans les Flandres — à l'instar de *Patrie*, son contemporain et son concurrent. M. Claretie à cette occasion, avait une excellente presse et Théophile Gautier, dans son feuilleton du *Moniteur universel*, écrivait que cette œuvre l'avait fait penser « à un tableau de Zurbaran, avec trop de touches sombres et pas assez de ciel bleu — mais d'une peinture puissante ».

Coup sur coup, il donnait ensuite à Castellano, le directeur du Théâtre historique, qui était à la veille de la faillite, deux œuvres qui obtinrent le plus grand succès, doublèrent le cap de la centième et, suivant le mot de Théodore de Banville, dans le *National*, qui désensorcelèrent la place du Châtelet ». C'étaient ensuite tour à tour *Les Muscadins* et *Le Régiment de Champagne*, deux œuvres qui indiquaient un sens très curieux de la scène et révèlent un homme de théâtre.

Vers le même moment d'ailleurs, il prenait la chronique dramatique à l'*Opinion Nationale* et il s'y révélait à la fois très avisé critique et très indulgent confrère — sans cesser pour cela, néanmoins, d'être loyal, « parlant toujours des gens comme s'il leur parlait », pour employer l'expression de

Fiévée qu'il avait reprise pour son propre compte...

Ainsi, à la veille de la Guerre — fossé qui sépare en deux fragments bien distincts la vie des hommes de cette génération — M. Claretie avait parcouru les stades essentiels de sa carrière d'écrivain, en ce sens que les étapes de la vingtième à la trentième année de la vie d'un littérateur sont les plus rudes qu'il ait à parcourir. Il s'était imposé aux directeurs de journaux et de théâtre ainsi qu'au grand public. Au sein de l'élite de ses contemporains, il était connu et aimé. Il avait cette curiosité universelle qui le faisait participer à tous les grands événements, s'intéresser aux mouvements importants. connaître comme il l'a dit lui-même « les livres, les hommes et les choses ».

Parmi ses confrères il passait pour un des jeunes écrivains d'avenir. On l'aimait pour son respect envers les aînés, pour son enthousiasme, pour ce mélange d'audace et d'austérité qui le situait à l'avant garde du mouvement intellectuel et politique. Il l'a dit lui-même, il se voulait alors « moraliste, et moraliste au fer rouge ». Personne n'était plus probe, plus soucieux de faire une France nouvelle, libérée du tyran, amie des arts, où les bonnes mœurs fleuriraient. Il rêvait comme jadis à Florence, quand il conversait avec Floquet une république athénienne et par certains côtés spartiate. Ne connaissant pas les lendemains du pays, voyant sous ses yeux l'aujourd'hui, où triomphaient le tyran, les abus de ses favoris et les mœurs des favorites de tous, il croyait que l'on

changerait tout cela..., Noble idéal, un peu sévère
qui n'eut pas l'heur de s'accomplir même avec le
changement de régime, même avec l'effort de
l'écrivain, romancier, dramaturge ou journaliste
— mais qui reste l'honneur de sa jeunesse et de
sa vie toute entière.

Avec tous ces espoirs délicieux, toute cette
volonté « de bien faire », il avait à cette époque
l'apparence d'un être sûr de lui-même. M. Coquelin
Cadet, dans une lettre récente, a fait de M. Claretie, tel qu'il était à cette époque, un portrait charmant : « Au temps ou j'étais élève du Conservatoire, je voyais chapeau noir très haut à bords
plats, figure mate aux yeux fins, moustache
noire, barbiche noire faisant le petit éventail sous
le menton, nez caractéristique, long pardessus
boutonné et pincé à la taille, large pantalon — et
gros gourdin à la main — se promenant d'un air
terrible, Jules Claretie — déjà célèbre et feuille-
toniste de théâtre à l'*Opinion Nationale*. Je me
disais : « En voilà un qui me jugera bientôt à
l'Odéon ou au Théâtre Français ». Et je saluais
obstinément — sans salut de retour : il ne me
connaissait pas ! »

Ne croyez pas, Monsieur Coquelin, que ce petit
homme, portant pantalons à la houzarde, haut de
forme à bords plats et même des airs fendants, —
tout cela le faisant ressembler à s'y méprendre à
quelque Willy du Second Empire, Dieu me pardonne ! — vous refusât le salut par ignorance de
votre personnalité, encore à s'exprimer... Vous
ne me paraissez pas, à trente cinq ans de distance,

malgré un commerce familier, avoir tout à fait compris l'âme de votre administrateur général. Souvenez-vous qu'il signa Candide et laissez-moi, d'après quelques fragments de son autobiographie (1), essayer à mon tour de vous expliquer cette impolitesse apparente, que constituait le fait de ne pas soulever son chapeau, à l'instar de votre geste... Car, après tout, ne pas connaître quelqu'un qui vous salue n'a jamais dispensé personne d'être aussi aimable que lui. Non, vraiment... Vous étiez bien intimidé, n'est-ce pas, vous, petit élève du Conservatoire ? Mais le plus intimidé des deux, c'était sans doute le critique dramatique, déjà célèbre et puissant, l'écrivain notoire et populaire, que vous croisiez sous les colonnes du Français pendant les entr'actes...

Je n'ai pas écrit cette petite lettre ouverte à M. Coquelin cadet uniquement pour le plaisir, pourtant appréciable, d'être son correspondant. Si j'avais obéi à ce mobile, j'eusse dû le remercier de ce charmant croquis déjà ancien de M. Claretie, qu'il a bien voulu dessiner de mémoire pour la joie des biographes de l'écrivain. Ce qui me fait penser qu'à mon tour, sans raison de timidité, je viens d'être impoli... Mais j'ai été entraîné par la remarque psychologique accompagnant le crayon,

(1) « Je suis timide au point de ne pas entrer dans un magasin où je vois un bibelot qui me tente et j'ai fait des conférences devant deux mille personnes sans la moindre émotion. »

(*Croquis contemporains*, 2e Livraison).

qui me paraissait moins juste que celui-ci, et importante à corriger... Car un des traits même qui caractérisent M. Claretie, c'est cette timidité qui est peut-être un reste de cette gaucherie limousine, dont parle Michelet.

Comme la jeunesse contemporaine, lorsqu'éclata la guerre de 1870, il fit le mieux possible, à son poste, son devoir. Il alla d'abord à l'armée faire son métier de correspondant. Puis lorsque vinrent les défaites, qui saignaient d'autant plus son cœur de patriote, qu'il croyait en toute sincérité pouvoir en imputer la faute à l'Empire, il se replia et revint à Paris prendre du service à son tour, afin de défendre la vieille Cité, qu'il avait adoptée de toute sa passion d'artiste. Comme tous les écrivains de cette époque — émouvante unanimité que l'on ne connaîtrait sans doute plus aujourd'hui, en pareille occurrence ! — il souffrit profondément dans sa foi française, dans son orgueil civique, dans sa pensée, et dans sa chair presque, de cette défaite qui nous accablait, qui nous laissait sinon sans espoirs, au moins sans forces... Mais, au lendemain de la paix douloureuse, ayant ouvert une plaie saignante à notre flanc, que rien ne pourra cicatriser, il fut de ceux qui retrouvèrent bien vite le courage de leur pleine vigueur, pour refaire une France digne de ses triomphes passés, pour préparer les revanches que l'on croyait prochaines.

Ses amis de l'opposition, les bruyants républicains du Quartier et des petits journaux avaient escaladé le pouvoir et pris la place du pauvre souverain diminué par toutes les fatalités de la maladie, des ambitions qui l'environnaient, par sa chimère même des nationalités qui l'avait trahi, comme une femme. Gambetta s'était révélé, grand ambitieux, puissant remueur de foules, l'homme qui convenait au moment, parce que son ambition s'accordait avec les nécessités du moment. Au lendemain de la paix, — ou, pour mieux dire, après le 16 mai — M. Claretie devait se trouver *persona grata* auprès de ses camarades d'autrefois.

Il reprit d'ailleurs son œuvre, avec la même conscience, sans plus demander au nouveau régime qu'à l'ancien. Comme il l'a dit, « son idéal à vingt ans avait été de vivre *sous* la République et non, comme tant d'autres, de *la* République. » Le jour où les honneurs et les places lui vinrent, il avait conscience de les avoir bien gagnées à la pointe de... sa plume.

A partir de cette époque d'ailleurs, la formation de l'écrivain achevée, il n'est plus aussi utile de suivre son œuvre pas à pas. Avec la régularité d'un travail harmonieux, ses romans paraissent. Comme transition, ce sont ces *Amours d'un Interne*, curieuse étude, toute nourrie « d'observations, » — pour employer un terme ayant couleur locale — un drame puissant enveloppé de documents habilement mis en œuvre, puisés à même la réalité, la vie moderne. Pour écrire cette étude, M. Claretie avait demandé à son ami Pailleron, de le présenter à Charcot, et ce fut, en suivant sa clinique, en se faisant le disciple du grand aliéniste qu'il composa ce personnage si impressionnant de Jeanne Barral.

Vinrent ensuite — j'en passe : l'œuvre romanesque de M. Claretie comprend une trentaine
de volumes, — les œuvres qui consacrèrent sa
réputation de romancier, qui le classèrent définitivement parmi les auteurs favoris du public,
Jean Mornas, Le Train 17, Le Troisième dessous,
La Fugitive, Le Beau Solignac, Le prince Zilah,
Le Million, Candidat, Monsieur le Ministre, qui
fut peut-être son plus grand succès.

Lettré indépendant, lié avec toutes les gloires
artistiques du pays et même avec bon nombre de
celles qui sont l'orgueil de l'étranger, reçu dans
ce monde politique de la troisième République,
qui, vers 1880, cherchait à se donner une allure
athénienne, grâce à quelques salons qu'il a d'ailleurs dépeints dans *Monsieur le Ministre,* doué
d'une curiosité que n'avait pas affaiblie la quarantaine, Parisien de plus en plus amoureux de la
Ville-Lumière, comme disent volontiers les provinciaux, fureteur, aimant les vieilles rues pitto-
resques, les livres, les fêtes populaires, le théâtre,
les expositions, les salons, tous ces détails de
mœurs, futiles en eux-mêmes et qui constituent
après coup une civilisation, ayant dès sa jeunesse
connu toutes les dernières gloires romantiques,
ami de toutes les nouvelles — celles du Parnasse
et de l'Ecole de Médan, — il était préparé mieux
que quiconque, pour prendre au *Temps* cette
« charge » de Chroniqueur, pour assumer ce rôle
de « Spectateur » de la *Vie à Paris.* Il l'inaugura
en 1881 : il le remplit aujourd'hui encore.

Ce fut d'ailleurs le beau temps du journalisme

parisien, cette période qui va de 1880 à 1895 particulièrement. Le grand journalisme politique était mort avec la fougueuse opposition qui l'avait suscité, et les petits journaux de l'Empire étaient devenus les grands journaux de la République sans cesser d'ailleurs pour cela d'appartenir à l'opposition. En effet, si le *Temps* était désormais l'organe officiel du gouvernement opportuniste, le *Figaro*, le *Gaulois*, le *Gil Blas*, l'*Evénement*, boudaient le nouveau régime et lui faisaient une guerre d'embuscade beaucoup plus qu'ils ne lui livraient des batailles rangées. On essayait de ressusciter Athènes, et si les conservateurs ne prenaient part à cette tentative de miracle, ils assistaient comme un bon public à cet essai de démocratie intellectuelle, inclinée vers un centre, oscillant entre une droite et une gauche républicaines. On ne songeait plus à *La Lanterne*, aux *Propos de Labiénus*, aux *Phillipiques* renouvelées de l'antique. Les enfants terribles du régime étaient à Nouméa ou en exil. Les armes avaient été déposées pour la toge. Dans les colonnes des grands journaux, les premiers-Paris politiques n'étaient plus que des filets d'une centaine de lignes, en minuscules caractères, qui se faisaient aussi petits que possible — comme pour s'excuser d'être encore là. Partout ailleurs, on trouvait des chroniques, des contes, des nouvelles, des poésies même. Les feuilletons, en rez-de-chaussée, étaient signés de noms de maître. La jeunesse de l'Empire prenait du ventre à collaborer à tous ces organes, à toucher de beaux appointements. Les échos étaient signés par des lettrés... C'était le temps où Paul Arène, Maupassant, Halévy, Dumas fils, About, Banville, Coppée, Maizeroy, Bourget, Mendès, A Silvestre, Daudet, Zola, Scholl même se survivant, Fouquier, Sarcey, Bauër, et tant d'autres ornaient, honoraient de leur prose ou de leurs vers ces journaux... qui ne s'occupaient point encore d'affaires. Cet astre nouveau d'une presse littéraire devait atteindre le zénith avec les beaux jours de l'*Echo de Paris* et du *Journal*.

*

M. Claretie, à cette époque de sa vie, fournit un labeur prodigieux. Il était un des grands ouvriers de lettre de sa génération et témoignait d'une activité qui ne pouvait être comparée qu'à celles de Zola ou de Sarcey. Il reçut la récompense qui lui était due : le gouvernement le nomma, en 1885, administrateur-général de la Comédie-Française, en place de Perrin.

Nul poste ne pouvait lui agréer davantage... Si, en effet, M. Claretie ne fournit pas le meilleur de sa carrière littéraire, comme auteur dramatique, il aima toujours néanmoins, par dessus tout autre art, le théâtre. Dès sa jeunesse, il était de ceux qui sur leur bourse de collégien, fréquentent le parterre du Français et de l'Odéon. Plus tard, il n'eut de cesse qu'il ne tint la critique dans un journal : il aimait l'entre-cour et jardin autant que les plus beaux paysages. Je ne sais pas si, aujourd'hui encore, il ne préfère pas à ses arbres de Viroflay le moindre portant où se découpe un feuillage.

Lorsqu'on lui confia cette fonction importante, l'un de ses plus beaux rêves se trouva réalisé, peut-être le plus beau. Sans doute, en assumant ce poste, il savait qu'il aliénait sa liberté, qu'il devenait fonctionnaire, qu'il allait être à la merci de la critique des indépendants, qu'il diminuait les chères heures de son travail personnel ; mais, le moyen de résister au plaisir d'être le gardien, le conseil de la première scène du monde, d'y pouvoir évoluer sans contrainte, de posséder la puissance de réaliser bien des rêves de lettré, en faisant jouer le répertoire selon la conception que l'on croit la meilleure ! Et puis, ce théâtre Français, où M. Claretie entrait en maître, c'était en serviteur dévoué de l'art, en fervent respectueux de la tradition qu'il en franchissait le seuil. Maison, superbe et vénérable, où les deux masques glorieux de la tragédie et de la comédie nationales, malgré les rides des ans, les grimaces, les tics, les jeux de scène, les fards et toutes les conventions humaines, gardent une fraîcheur, un charme divin et surnaturel, maison, aux corridors solennels et harmonieux, bordés de souvenirs, où tout rappelle un émoi glorieux, un geste épique, où les bustes redisent l'histoire du roman comique et héroïque à la fois, qui va de Molière aux derniers sociétaires, temple où l'on se souvient des mélancoliques retraités, triomphateurs de jadis, à qui l'on fendit l'oreille ou qui partirent à contre-cœur, les superbes jeunes premiers, les tragédiens, les ingénues d'hier, Febvre, Delaunay, Worms, Reichenberg et tant d'autres, dont le nom éveille dans notre mémoire reconnaissante tout un cortège d'images grandioses ou charmantes, maison qui vit passer La Champmeslé, La Clairon, Adrienne Lecouvreur, Talma, Mademoiselle Georges Rachel, les Brohan, maison puissamment évocatrice, un peu surannée, ainsi que tous les sanctuaires du monde... Comme on comprend, en évaluant toutes ces richesses, en se remémorant toutes ces beautés, que M. Claretie acceptât de gaieté de cœur de sacrifier quelques joies personnelles, pour participer à l'existence de cette grande personnalité morale et artistique, qui fait à jamais partie de notre trésor d'orgueil national.

D'ailleurs, à ce moment, l'heure du maréchalat approchait. Son nom était répandu à l'envi et courait le monde, au même titre que les plus grands, parmi ceux de sa génération. Légionnaire à cravate, il fut bientôt élu — en 1888 — membre de l'Académie Française. Ses parents disaient de lui, dans son enfance, en le voyant courir après les papillons : « Il sera un jour un autre Cuvier... » La destinée ne lui réservait pas cette sorte de gloire. Mais, comme il était écrit que cette carrière, s'accomplirait tout entière, heureuse, sans heurts, à force de travail probe et de volonté silencieuse, le fauteuil qui lui échut par hasard lors de son élection fut celui qu'avait jadis occupé le grand naturaliste... Depuis lors, dans cette existence heureuse, il ne s'est plus guère passé de notable événement pouvant intéresser le lecteur. M. Claretie a continué et continue sa tâche, avec la même ferveur sinon le même enthousiasme qu'à ses débuts, avec la même conscience. Sans changer une seule virgule de place, il pourrait écrire aujourd'hui encore cette phrase qu'il écrivait le 7 mars 1867, dans *Le Nain Jaune* : « J'ai commencé... à exercer un état qui me plaira jusqu'à la fin ».

*

J'ai tenté de tracer un portrait aussi ressemblant que possible de l'homme public, en dessinant quelques croquis des milieux où il évolua. J'ai évité jusqu'ici de mêler à mon travail toute appréciation critique... Et je sais très bien que je ne saurais achever cette biographie sans m'y contraindre : l'œuvre est là, très grosse, comprenant des romans, des livres d'histoire, des pièces, toute une production au jour le jour dans les journaux.

Je sens ce qui me gêne, en ce moment. Au fond, un critique ne juge convenablement que les disparus et ses propres contemporains. Les disparus, parce que après un certain nombre d'années, la mort les libère de ce que leurs goûts pourraient avoir de trop voisins des nôtres — et passez-moi le mot — de *rococo* à nos yeux. Ils ont franchi le Styx de l'immortalité et se sont purifiés du léger et involontaire — ils diraient regrettable — ridicule qu'il y a toujours pour un homme à être l'aîné d'un autre. Les contemporains, parce que nous sommes mieux placés que quiconque — toute question de camaraderie mise de côté —

pour. comprendre ceux qui ont traversé les mêmes crises générales que nous au point de vue littéraires, philosophique, politique : Je dirais — pour peu que l'on me poussât — les mêmes crises sentimentales, car toutes les amours que vit une génération ont un petit air de famille...

Mais lorsqu'il s'agit de juger quelqu'un de nos grands aînés, encore vivant, ayant vécu ses vingt ans longtemps avant que nous ne naissions, la tâche devient ardue, et, personnellement, j'éprouve toujours une certaine hésitation au moment de le faire. J'ai peur à chaque fois, en toute sincérité, d'être injuste à son égard. Lorsque je songe que M. Claretie appartient à cette jeunesse du Second Empire qui croyait en la république, qui était à la fois romantique et parnassienne, réaliste et presque naturaliste, qui avait foi en des tas de choses qui nous laissent sceptique, aujourd'hui je me demande comment nous-mêmes, qui avons passé par d'autres phases, qui avons été mystiques, symbolistes pour nous dégager peu à peu et revenir à un bon et simple classicisme de tradition, pouvons être justes et même impartiaux.

Ainsi, en ce qui regarde l'œuvre de M. Claretie, il est très certain que toute une partie de de son œuvre romanesque me déconcerte et ne me passionne nullement. De ses premiers romans j'aime *Pierrille*, qui est une toute petite chose dans son œuvre, à cause de sa fraîcheur et de sa naïveté et *Une femme de Proie* me paraît correspondre à une tout autre esthétique que celle que je comprends. Je sais bien que l'écrivain a voulu « faire

œuvre de moraliste et de moraliste au fer rouge »,
mais aujourd'hui nous ne concevons pas qu'une
œuvre romanesque enseigne la morale — parce
que nous avons peur que notre fable soit par là
défigurée même de ce point de vue. La pauvre
Antonia ne nous paraît pas marquée au fer rouge,
et le personnage le plus sympathique du roman,
c'est peut-être encore cette fille capricieuse, naïve
et qui reste somme toute une moyenne de bonne
fille.

De même, tous les romans « d'observation » de
M. Claretie nous effraient un peu de leur appareil
scientifique. *Les Amours d'un Interne*, qui contien-
nent de très belles pages de conteur, *Le train 17*
sentent trop les carnets de notes, parfois, sont
alourdis de descriptions inutiles qui trahissent le
« plaqué »... Et puis, je ne sais pas. Je me sens
intimidé et j'ai bien envie de biffer toute cette
appréciation, en me souvenant de la phrase de
Sainte-Beuve, qui s'y connaissait mieux que moi,
« M. Claretie a touché la fibre vraie, la vie
moderne est là ».

Non, vraiment, il ne me semble pas que la
vie moderne soit là. Nous concevons le moder-
nisme autrement : nous avons sucé le lait des
Goncourt. Tout ce décor moderne, nous l'aimons
animé, sans que le roman s'arrête pour que
nous l'admirions. Nous le sentons mêlé aux êtres,
vivants de leur vie... et voici que j'oublierai mon
sujet si je ne pensais que parmi ces romans il en
est certains comme *Monsieur le Ministre*, comme
Le million, comme *Candidat*, comme *Le Beau Soli-*

gnac qui résistent à cette critique, parce que le consciencieux qui les écrivit les travaillait avec soin. Aux yeux de l'avenir, ceux-là ne sembleront peut-être guère plus vivants que les autres, mais ils intéresseront, au même titre que certains romans de « milieu » du XVIIIᵉ siècle : ils resteront comme la légende minutieuse des estampes destinées à renseigner « l'amateur » sur nos mœurs.

Monsieur le Ministre apparaîtra sans doute comme le meilleur ouvrage de cette manière. Soigneusement documenté, écrit simplement, dans une langue robuste et très claire, on trouvera là une piquante histoire des coteries politiques ; et vraiment, parce que j'analyse ce roman il me semble mieux apercevoir son grand défaut. A mes yeux — c'est à ce seul point de vue, toujours, que j'entends me placer — ce livre comme les autres manque de passion, morale ou immorale comme on voudra. M. Claretie semble avoir suivi de trop près le conseil de son cousin, le grand paysiste Jules Dupré qui lui disait un jour : « N'oublie jamais que pour qu'une œuvre d'art soit bonne, il faut la traiter comme Dieu a traité les arbres : les racines dans la terre et la cîme dans le ciel ». Dans le roman de l'écrivain de *Robert Burat*, l'on voit trop les racines et pas assez le ciel — le ciel d'ailleurs quel qu'il soit.

Il est cependant une œuvre romanesque de M. Claretie qui demeurera vraisemblablement — et tout écrivain voudrait pouvoir avoir cette espérance. C'est *Brichanteau, comédien français.* Elle fut

écrite, voici quelques années seulement. Est-ce
pour cette raison que nous, les jeunes, nous la
préférons à beaucoup d'autres romans de l'écrivain,
disons même franchement, à tous les romans de
l'écrivain ? Je ne sais ; mais en fait, je serais
assez tenté de le croire. Il semble qu'elle nous
plaise surtout parce que nous y trouvons cette fois
une vraie tendresse d'écrivain pour un personnage et parce que nous ne sentons pas dans ce livre
que M. Claretie ait pris des notes pour l'écrire.
Nous ne croyons même pas qu'il ait voulu le
composer : ce roman a dû se faire tout seul.
Comme son héros, il est enfant de la balle. Il est
fait de toute l'expérience indulgente, apitoyée et
très sagace d'un ami des comédiens...

Et vraiment, je comprends mieux en le relisant,
au moment d'écrire ces pages, je crois mieux connaître en M. Claretie le romancier qu'il a été et
celui qu'il s'est révélé dans son Brichanteau. Sans
que le sujet soit le même, il n'est cependant pas
sans analogie avec celui du *Troisième . Dessous.*
Celui-ci est une œuvre très habile, mais livresque
et Brichanteau est une œuvre humaine, passion-
nément, amoureusement humaine. Il est débar-
rassé du superflu : il ne cherche plus la descrip-
tion, le morceau. Le bonhomme vit, c'est-à-dire
aime, souffre, est ridicule et héroïque, « m'as-tu
vu » pitoyable, charmant, presque épique à de
certains moments. Nous le reconnaissons, nous
le suivons volontiers. Pour un peu nous serions
aussi sots que lui par moments. C'est un type, un
caractère et bien des mentons bleus, épaves de

Conservatoire, comiques de faubourg et de banlieue ou de sous-préfecture doivent, sans qu'ils
s'en doutent, à cet admirable personnage de M.
Claretie, la sympathie compréhensive que nous
leur témoignons désormais...

*

Un abbé Prévost, qui composa une soixantaine
de romans, vit à jamais dans la mémoire des hommes pour avoir écrit un petit livre, *Manon Les-
caut*. Si la destinée veut que les romans de M.
Claretie disparaissent, je crois que *Brichanteau,
comédien français* demeurera. Les œuvres historiques, consciencieusement documentées, viendront
longtemps encore en aide aux érudits, qui vou-
dront étudier la période révolutionnaire et il con-
vient de noter ici que ce curieux et ce modeste,
qui ne rappelle pas volontiers ses mérites fut un
des premiers à défricher cette brousse sauvage et
touffue qui s'appelle la Révolution. En ce temps
où l'on aime l'histoire un peu par snobisme, un
peu par goût de la brocante il est bon de rappe-
ler qu'il fut un de ceux qui l'aimèrent pour elle-
même — ou mieux encore par amour de la
Patrie.

Les pièces de cet homme de théâtre, fortement
charpentées, d'un dessin sûr, vivantes, qu'advien-
dra-t-il d'elles ? Sans doute ce qui attend la plupart des œuvres dramatiques d'aujourd'hui. Faites
pour une génération, celles-ci s'enseveliront avec
elle — et cependant, dans ces drames historiques
de M. Claretie, il y a de bien belles scènes que je

serais curieux de revoir « entre les frises et la rampe... »

... Voici qu'insensiblement, je me substitue à la postérité et que je juge alors que je désirerai donner uniquement une impression. Travers de sincérité et puis inconsciente manie de critique... Mais ici même, au moment où je voudrais parler du chroniqueur, c'est-à-dire de l'auteur de ces savoureuses *Vie à Paris*, je sens que je ne saurais résister au plaisir de deviner le jugement de cet avenir... Je sais si bien la joie que j'éprouve à lire un Brantôme, un Tallemant des Réaux, un Bachaumont, un Mercier, un Métra, un ou... deux Rétif de la Bretonne — « l'ancien et le nouveau » comme dit la vieille chanson — que je suis assuré d'avance du plaisir raffiné qu'éprouveront les braves gens du XXIᵉ siècle, amoureux de notre époque, à compulser ces livres délicieux où le meilleur d'un écrivain s'est peut-être dépensé... Comme je regarde avec attendrissement, par delà cette centaine d'années, le fureteur au nez délicat qui pourra rêver à ce que nous fûmes — ici je me retrouve de la même génération que M. Claretie — grâce à ces causeries toutes remplies de notre vie! Comme nous pourrons devenir ses camarades, ses amis même, rien que par ces feuillets de journaux jaunis — et comme nous serons moins morts, d'être aussi bien connus! Vraiment, grâce à notre contemporain « qui n'a pas abdiqué la joie de juger les choses — lorsqu'elles passent — et de saluer les hommes, lorsqu'ils les aiment », je crois qu'il ne pourra pas avoir trop mauvaise opinion de ces ancêtres, de ces Parisiens d'autrefois. Il trouvera, dans ces pages, un portrait charmant, involontairement tracé par l'auteur, de M. Claretie, qui se dégagera des chroniques, qui se dessinera entre les lignes et conversera avec lui, et il aura de nous-mêmes un portrait assez fidèle aussi. Il s'étonnera peut-être de nos frivolités et de nos ridicules ; mais nous sommes vengés d'avance — car si l'on est encore homme à cette époque, il aura certainement les siens qui ne vaudront ni plus ni moins que les nôtres. A côté de cela, il verra que le Parisien — car le petit provincial que je vous présentais au seuil de cette étude peut représenter Paris, à la fin il est devenu un de nos plus purs Parisiens — aimait les histoires plutôt que les cancans, l'art en dépit de ses snobismes, des Salons bizarres et des pièces ridicules, qu'il s'apitoyait assez facilement et laissait parfois perler une larme derrière son monocle. Il verra qu'il respectait l'autorité en la raillant sans cesse, aimait bien son pays — ce sera peut-être une curiosité en ce temps, — et que son anecdote contée, plus ou moins « rosse », il gardait une indulgente philosophie pour la commenter...

Nous devons beaucoup de remerciements à M. Claretie rien que pour nous avoir présenté de façon aussi avantageuse. Surtout si, comme je le crois très sincèrement, ces *Vie à Paris* doivent traverser les siècles et être lues aussi longtemps qu'on s'occupera des Parisiens. C'est-à-dire toujours.

*

Le choniqueur, c'est l'homme. Je songe souvent, le jeudi soir, ayant achevé de lire dans *Le Temps* son article de la semaine, à l'admirable activité de cet esprit, qui appelle, avec une délicieuse modestie, ces causeries : « des repos pendant les entr'actes administratifs ». Là, sa curiosité va d'un sujet à l'autre, sans lassitude, butine sur toutes les fleurs, dans le jardin de la vie, avec toujours une ardeur égale, une bonne volonté semblable à elle-même ; ainsi il passe dans l'existence : ces chroniques sont le miroir de sa destinée...

Il est en effet l'un des hommes les plus occupés de notre temps, tour à tour pris par ses devoirs d'administrateur aux Français, par le jury du Conservatoire, par les commissions dont il fait partie, et cependant, sans que ces labeurs s'en ressentent, il trouve encore le moyen de faire ses tâches innombrables d'écrivain illustre, d'être accueillant aux jeunes, d'assister à toutes les solennités, officielles ou autres, aux premières, aux vernissages, aux derbys, partout où l'on peut *voir* et comprendre...

Faire avec plaisir et honnêtement un travail qui vous plaît, a-t-il pu écrire, c'est le bonheur tout simplement. Ajoutez à cela des livres curieux, de rares tableaux, un enfant qui court sur le tapis, et la liberté de vivre donnée par le travail. Voilà qui console de perdre beaucoup de ses cheveux et quelque peu de ses illusions, tout en gardant, je crois, tous les amis de sa jeunesse, excepté ceux qui sont tombés.

Délicieuse, exquise morale, charmante philosophie pas très profonde peut-être mais au moins
dénuée de toute amertume. Elle fixe mieux
que tout autre trait une figure. A force d'indulgence, elle semble presque épicurienne : elle
ferait croire que M. Claretie est un optimiste et
que tout fut aisé dans sa vie, qu'une bonne étoile
d'ailleurs, il faut le reconnaître, favorisa. Ce sont
là propos de Pangloss... Heureusement, un écrivain n'est jamais si maître de sa plume qu'il ne lui
échappe des aveux. « Sans doute, cela est bien dit,
répondait Candide au philosophe du bonheur,
mais il faut cultiver notre jardin ». Sans doute,
pouvons-nous répondre à M. Claretie, mon cher
maître, tout cela est bien aisé et le Parisien que
vous êtes paraît avoir accompli toute sa carrière,
intelligente et bonne, en se jouant ; mais ne
serait-ce pas parce que vous êtes demeuré au fin
fond de vous-même, un de ces Limousins que
vous peignîtes un jour, en disant qu'il possède
« des vertus sans fracas, une patience silencieuse,
une ténacité lente et sûre ?... » Cela expliquerait
sans doute bien des choses, beaucoup plus de
choses que je n'en ai expliqué moi-même, en faisant cependant de mon mieux pour esquisser une
image de vous, qui ne fut pas trop indigne d'un
modèle qui reste l'honneur des vieilles lettres
françaises...

GEORGES GRAPPE.

AUTOGRAPHE DE M. JULES CLARETIE

OPINIONS ET DOCUMENTS

De M. Adolphe Brisson :

M. l'Administrateur général se lève à huit heures en hiver, à sept heures en été.

Dès son réveil, on lui apporte une liasse de journaux, un monceau de lettres.

Il ouvre les journaux et va tout de suite aux nouvelles théâtrales. Première cause d'irritation...

M. l'Administrateur général compte dans la presse de rudes adversaires : dramaturges auxquels il a dû, à son vif regret, fermer les portes de son théâtre ; reporters mécontents ; jeunes chroniqueurs « amis de la maison », qui épousent avec ardeur les colères de Dorine, s'associent aux regrets de Célimène et servent les rancunes de l'impétueux Figaro ou de l'aigre Sylvia.

Et ce sont des bruits inexacts, des notes perfides dont, malgré sa philosophie, M. l'Administrateur général est agacé... Ici un chroniqueur, connu pour la violence de son humeur batailleuse, lui décoche des flèches empoisonnées ; là, au milieu d'une causerie en apparence inoffensive, s'épanouit une fleur de méchanceté.

Telle feuille annonce que M. Coquelin et Mme Sarah Bernhardt vont reparaître sur les planches de la Comédie-Française. Telle autre assure que M. l'Administrateur intente à M. Coquelin une action retentissante et le félicite ironiquement sur sa fermeté, sur la vigilance avec laquelle il assure le respect des traditions.

Les journaux parcourus, M. l'Administrateur général passe aux lettres. Elles sont nombreuses, mais peu variées. Les mêmes missives se retrouvent dans tous les courriers. Ce sont des demandes d'audience, des envois de manuscrits, des réclamations et des plaintes contre les décisions du Comité.

A la plupart de ces lettres, M. l'Administrateur général est obligé de répondre de sa propre main, afin d'être bien sûr de ne dire que ce qu'il veut et de ne pas s'engager à son insu.

Ceci le mène à dix heures. Il jette un coup d'œil sur le rapport du semainier relatif à la soirée de la veille ; sur le bordereau de la recette ; enfin sur le bulletin de répétition qui lui permettra de régler l'emploi de sa journée. Vous croyez peut-être qu'après avoir pris connaissance de ces documents et noirci une vingtaine de feuilles de papier à lettres, M. l'Administrateur général a conquis le droit de se reposer... Erreur profonde... Presque toujours, le matin, il y a quelque course urgente à accomplir : visite au magasin de décors, boulevard Bineau ; visite au dessinateur de la Comédie, pour examiner ses maquettes et ses projets de costumes.

M. l'Administrateur général file comme le vent, rentre chez lui à midi un quart, déjeune en toute hâte ; puis, sa serviette volumineuse sous le bras, il se dirige vers la Comédie. Il y arrive à une heure précise, se glisse dans son cabinet, esquivant les opportuns qui voudraient le saisir au passage, et il trouve sur son buvard un nouveau paquet de lettres, presque toutes fâcheuses et indiscrètes, presque toutes lui demandant quelque chose qu'il lui est impossible d'accorder...

Cependant la vieille pendule du foyer marque une heure et demie, on commence à répéter sur la scène ; la présence de M. l'Administrateur général est impérieusement réclamée, il ne peut se dérober à ce devoir... Et le voilà pendant deux heures qui suit la pièce nouvelle, qui confère avec l'auteur, discute avec les interprètes, arrête les détails et règle les idées de mise en scène.

Vers trois heures, le régisseur s'approche de lui.

« Monsieur l'Administrateur n'oublie pas qu'il est attendu au ministère ?

— C'est juste... Il n'est que temps ! »

Et M. l'Administrateur général dégringole l'escalier et se dirige vers un des trois ministères avec lesquels la Comédie entretient des relations administratives.

Il ne lui reste plus qu'à rentrer au théâtre, qu'à recevoir une dizaine de visiteurs de marque difficiles à éliminer, qu'à écrire une quinzaine de lettres et à rédiger un ou deux rapports. Il se met courageusement à l'œuvre. Il expédie les visites (moment pénible à passer). Il réconforte M. X..., qui lui soumet ses embarras financiers ; il rassure M. Z... qui craint de voir sa pièce (une pièce reçue) ajournée aux calendes grecques ; il reçoit froidement le sociétaire Y... qui vient lui demander la permission de jouer *Le Misanthrope* à Bruxelles, et daigne à peine sourire aux grâces de M{{lle}} W... qui, de sa voix la plus suave, sollicite l'autorisation d'aller passer le prochain mois de décembre dans le Midi.

Enfin il affronte avec constance, mais non sans ennui, le flot des auteurs grincheux, des blackboulés, des éternels mécontents, anciens camarades du journalisme et de la vie littéraire, qui semblent lui reprocher son ingratitude. Le torrent des visiteurs écoulé, M. l'Administrateur général s'enferme avec ses paperasses. Il ouvre les lettres qui se sont empilées d'une heure à cinq sur le maroquin de son buvard. Hélas ! il y trouve d'autres récriminations, d'autres protestations, d'autres supplications. M. l'Administrateur général parcourt avec mélancolie ces missives. Puis il trempe sa plume dans l'encre et répond. Il répond tout de suite, car le moindre retard amènerait des froissements, allumerait des colères. Que répond-il ? Des choses aimables... Il proteste de ses excellentes intentions, il invoque les embarras du théâtre, l'encombrement, les engagements antérieurs. Enfin, il verra ! Il tâchera ! Il promet... sans promettre — et jette un gâteau de miel dans les gueules affamées.

Sept heures sonnent, puis sept heures et demie. Et M. l'Administrateur général écrit toujours. Il se décide enfin à aller dîner. Il rentre chez lui courbaturé, préoccupé, la tête lourde. A neuf heures, il revient au théâtre et recommence à écrire, à lire des manuscrits, à recevoir des visites jusqu'à minuit. S'il est trop fatigué, il demeure paisiblement au coin de son feu, s'étend sur un bon fauteuil, se fait apporter le théâtrophone et là, pendant deux heures, il suit, de loin, — témoin invisible et d'autant plus redoutable, — la représentation, et note au passage les défaillances et les manques de mémoire de ses sociétaires bien-aimés.

Ainsi s'achève la journée de M. l'Administrateur général. Journée si laborieuse, si féconde en contrariétés, en complications, en difficultés de toute espèce, que parfois M. l'Administrateur général songe au mot souvent cité de Labiche :

« Si l'on me nommait directeur de la Comédie-Française, disait l'auteur de *La Cagnotte*, je n'accepterais que pour une heure, — parce que le mois commencé compte, — puis je donnerais ma démission. »

De M. Jules Huret :

M. Jules Claretie est l'un des rares académiciens qu'on ait quelque chance de rencontrer sur le boulevard. Hier, comme j'allais justement me diriger vers la rue de Douai, j'ai croisé, devant le bureau des omnibus du boulevard des Italiens le très aimable et très spirituel directeur de la Comédie-Française. Nous rîmes ensemble de cette rencontre, et après avoir expliqué mes projets :

— Je ne suis pas importun ? dis-je.

— Mais non ! je vais aux Français. Marchons.

Et, une fois la chaussée traversée et atteint le trottoir droit de la rue Richelieu, la conversation s'engage ainsi :

— Je suis très curieux de tout ce qui est nouveau et je suis avec autant d'attention qu'il m'est possible, le mouvement qui emporte les générations nouveles.

Si vous m'aviez vu, chez moi, ce matin, j'étais précisément occupé à ranger et à donner au relieur les collections de ces revues de jeunes que je lis et dont la diversité et l'ardeur militante me plaisent, les *Ecrits pour l'Art* de M. René Ghil, les *Entretiens* de M. Bernard Lazare, la *Plume* de M. Léon Deschamps, le *Mercure de France* , les numéros d'*Art et Critique* de M. Jean Julien, et d'autres collections encore. Il y a dans ces publications, plus encore que dans les livres des nouveaux, une telle verdeur d'idées, une telle vivacité de ton, que cela me rajeunit de voir ainsi les jeunes monter à l'assaut et sonner de l'olifant.

. . . .

Ce que j'aime le plus au monde, c'est l'oubli de soi-même. On jette une idée dans la circulation comme on jetterait une graine au vent et elle pousse où elle veut. Ce qui est certain, c'est que vous avez eu une idée excellente en recueillant tant d'avis divers, d'opinions, d'idées justes ou paradoxales, en groupant les aspirations, les rêves d'art, les désirs de lutte de toute une génération qui, entre autres mérites, a celui d'avoir vingt ans, comme Célimène, c'est-à-dire d'avoir le droit d'être sévère, coquette et dédaigneuse. Ça lui passera quand elle sera devenue, à son tour, Arsinoé, car, pour le moment, une autre Célimène grandit : elle est au couvent encore et s'appelle Agnès. Pour moi, — en un temps où chacun s'épuise à fabriquer sa petite liqueur, capiteuse ou colorée, son élixir spécial, enfermé dans de petits flacons aux ciselures imperceptibles, à alambiquer, gouttelette à gouttelette, le flot même qui jaillit du cœur et que toute chimie arrête et tarit, — je me suis attaché à puiser au clair ruisseau du génie de France, un peu d'eau pure, un peu d'eau fraiche, savoureuse et saine et, laissant les fabricants de spiritueux à leurs alambics, j'ai continué ma marche après m'être ainsi désaltéré dans le creux de ma main...

(Enquête sur l'Evolution littéraire.)

BIBLIOGRAPHIE

LES LIVRES

Les Célébrités industrielles au XIXe siècle, par A. Vuillot de Carteville. Paris, Impr. G. Kugelmann, 1861, in-18. (Biographie de Champroux, négociant en vins, rédigée par M. Jules Claretie, arrangée et publiée par G. Vuillot de Carteville. Portrait lithographié de Champroux). — **Une Drôlesse.** Paris, Dentu, 1863, in-18. — **Etudes contemporaines. M. A. de la Guéronnière.** Paris, Dentu, 1863, in-8°. — **Pierrille, histoire de village.** Les amours d'une cétoine. Bestiola. Monsieur Mayeux. La messe de Monsieur François. Marcel. Un saltimbanque. Paris, Librairie Parisienne, Dupray de la Mahérie, 1863, in-12 (Réimpr. : *Pierrille*. Paris, Dentu, 1879, in-16, 1889, in-18). — **Les Victimes de Paris.** Paris, Dentu, 1864, in-18. — **Les Ornières de la Vie.** Paris, Achille Faure, 1864, in-12. — **Le Dernier Baiser.** Paris, Sartorius, 1864, in-16, figures. — **La Fontaine et M. de Lamartine.** Conférence faite le 3 mai 1864. Paris, Cournol, 1864, in-8°. — **Elisa Mercœur. Hippolyte de la Morvonnais. Georges Farcy. Charles Dovalle. Alphonse Rabbe.** Eau-forte par G. Staal. Paris, Bachelin-Deflorenne, 1864, in-16. — **Béranger.** Conférence faite le dimanche 19 févr. 1865, aux Entretiens de la rue Cadet. Paris, Dupray de la Mahérie, 1865, in-18. — **Petrus**

Borel le lycanthrope. *Sa vie, ses écrits, sa correspondance.* Poésies et documents inédits. Frontispice à l'eau-forte avec portrait de Ulm. Paris, R. Pincebourde, 1865, in-16. — **Voyages d'un Parisien.** (*Voyage aux Charmettes, Lyon, Cherbourg, Londres et les Anglais. Le Rhin allemand. Huit jours en Belgique, France, Angleterre. Allemagne, Pays-Bas. Le champ de bataille de Waterloo*). Paris, A. Faure, 1865, in-12. — **L'Incendie de la Birague.** Paris, Vanier, 1865, in-18. — **Histoires cousues de fil blanc.** Paris, Libr. du Petit Journal, 1866, in-18. — **Un assassin.** Paris, Achille Faure, 1866, in-12. Réimpr. à partir de la troisième édition sous ce titre : *Robert Burat.* Nouvelle édition, avec une préface inédite. Paris, G. Dentu, 1879, in-18 ; *Robert Burat* (Œuvres de Jules Claretie). Paris, A. Lemerre, 1886, petit in-12. Portrait de Claretie gravé à l'eau-forte par L. Monziès. — **Les derniers Montagnards. Histoire de l'Insurrection de prairial an III (1795),** etc. Paris, Libr. Internationale, 1867, in-8o et in-18 — **Les places publiques, les quais et les squares de Paris.** Paris-Guide, dernière partie : *La Vie.* Paris, Libr. Intern., 1867, petit in-8o. — **Les Femmes de Proie. Mademoiselle Cachemire.** Paris, Dentu, 1867, in-18. (Réimpr. : *Une femme de proie. Scènes de la Vie parisienne.* Paris, Dentu, 1881, in-18). — **La Libre Parole,** avec une lettre à M. le Ministre de l'Instruction publique. Paris, Libr. Intern., 1868, in-12. — **Madeleine Bertin.** Paris, Michel Lévy, frères, 1869, in-12. — **La Famille des Gueux,** drame en 5 actes (en collab. avec Petrucelli della Gattina), représenté au théâtre de l'Ambigu en mars 1869. Paris, Michel Lévy, 1869, in-18. (La même, avec vignettes. Paris, Michel Lévy, 1869, in-4o). — **La vie moderne au théâtre.** Causeries sur l'Art dramatique [1867-1868], première série. Paris, Barba, 1869, in-18. — **La volonté du peuple.** (*Résultat des élections générales des 23 et 24 mai*). Paris, F. Roy et Cie, Le Chevalier, 1869, in-32. — **La poudre au vent.** Notes et croquis. Portraits. Deux mois en Italie. Paris, Degorce-Cadot, s. d. [1869], in-18. — **Almanach de la Révolution pour 1870.** Paris, Librairie Centrale, 1869, in-32. — **Armand Barbès.** Étude historique et biographique. Paris, Libr. Centr., 1870, in-8o. — **Journées de voyage, Espagne et France.** Paris, A. Lemerre, 1870, in-18. — **Raymond Lindey,** drame en 5 actes et 6 tableaux. Représenté pour la première fois sur la scène des Menus-Plaisirs, le 1er nov. 1869. Paris, Michel Lévy, 1870, in-18. — **Société des gens de lettres. Rapport sur les travaux du Comité durant l'exercice 1869.** Paris, Imprim. E. Brière, 1870, in-8o. — **Rapport à M. Jules Ferry sur la fondation d'une bibliothèque communale dans chacun des arrondissements de Paris.** Paris, Imprim. Nat., déc. 1870, in-8o. — **La Débâcle.** Paris, Libr. Centr., 1870, in-18. — **La France envahie** (juil. à sept. 1870). Forbach et Sedan. Impressions et souvenirs de guerre. Paris, Barba, 1871, in-18. — **Paris assiégé, tableaux et souvenirs,** sept. 1870-janv. 1871, Paris, A. Lemerre, 1871, in-18. — **La guerre nationale, 1870-1871.** Paris, A. Lemerre, 1871, in-18. — **Le champ de bataille de Sedan.** Paris, A. Lemerre, 1871, in-18. — **L'Empire, les Bonaparte et la Cour.** Documents nouveaux sur l'Histoire du Premier et du Second Empire, d'après les papiers impériaux inédits publiés avec des notes. Paris, Dentu, 1871, in-18. — **Les orphelins de la République.** Conférence faite au théâtre de la Porte-Saint-Martin, le 22 nov. 1870, précédée d'une note sur la maison d'adoption du 3e arrondissement. Paris, Imprim. Morris, 1871, in-8o. — **Histoire de la Révolution de 1870-71.** *Chute de l'Empire, la guerre, le gouvernement de la défense nationale, la paix, le siège de Paris, la commune de Paris, le gouvernement de M. Thiers.* Illustr. par MM. Blanchard, Chifflart, Crépon, Darjou, Férat, Fichot, etc. Paris, Journal l'Eclipse, 1871-72, et Paris, Imprim. Rouge, deux forts vol. in-4o à deux colonnes. *Réimpr. : Histoire de la Révolution de 1870-71,* etc. Edition illustrée par les plus célèbres artistes. Paris, Libr. Illustrée, s. d. [1875-76], 5 vol. in-8o (cet ouvrage a été publié en 120 livraisons in-8o). — **Almanach illustré de l'Histoire de la Révolution de 1870-71.** Paris, au Bureau de l'Eclipse [1872 et 1874], in-8o. — **Noël Rambert.** Paris, Dentu, 1872, in-18. Réimp. sous ce titre : *Le Petit Jacques.* (Noël Rambert). Paris, Dentu, 1881, in-18. (Il en a été tiré par M. Dumaine un drame en 9 tableaux représenté pour la première fois à l'Ambigu le 11 nov. 1881). — **Le Roman des soldats.** Paris, Michel Lévy, 1872, in-18. — **Les Prussiens chez eux.** Paris, Dentu, 1873, in-18. — **Molière, sa vie et ses œuvres.** Paris, A. Lemerre, 1873, in-12. — L'Actualité

politique et littéraire. Revue des hommes et des choses. N° 1, 12 avril 1873, in-8°. — **Ruines et fantômes.** Paris, Bachelin-Deflorenne, 1874, in-18. — **Peintres et sculpteurs contemporains. Médaillons et portraits. L'Art en 1872,** etc. Paris, Charpentier et Cⁱᵉ, 1873, in-18. (Nouv. éd. revue et augmentée. Paris, Charpentier, 1874, in-18). — **Les belles folies.** Paris, Dentu, 1874, in-18. — **Les Muscadins.** I. *Le Comte de Favrol.* II. *Jeanne Lafresnaie.* Paris, Dentu, 1874, 2 vol. in-18. — **Camille Desmoulins. Lucile Desmoulins.** *Étude sur les Dantonistes d'après des documents nouveaux et inédits.* (Portrait de Camille Desmoulins, gravé par Rajon ; portrait de Lucile Desmoulins (1793) ; fac simile d'autographes). Paris, Plon et Cⁱᵉ, 1875, in-8°. — **J.-B. Carpeaux, 1827-1875,** avec portrait. Paris, Libr. Illustrée, 1875, in-32. — **La vie moderne au théâtre, deuxième série.** Causeries sur l'art dramatique. Paris, Barba, 1875, in-18. — **Les Ingrats,** comédie en 4 actes en prose, représentée pour la première fois au théâtre de Cluny, le 23 mars 1875. Paris, Dentu, 1875, in-18. — **Portraits contemporains.** Illustr. de gravures sur bois d'après les dessins de MM. Gilbert, Gill, Bichard, etc. Paris, Libr. Illustrée, 1875, 2 vol. in-8°. — **Les Muscadins,** drame en 5 actes et 8 tableaux, représenté sur la scène du Théâtre historique, le 16 sept. 1875. Paris, Dentu, 1875, in-12. — **Cinq ans après. L'Alsace et la Lorraine depuis l'annexion.** Paris [1876], Georges Decaux, s. d., in-18. — **Le beau Solignac.** I. *Andréina.* II. *Louise de Farges.* grand roman d'aventures. Paris, Dentu, 1876, 2 vol. in-18. Réimpr. : *Le beau Solignac.* Paris, Libr. Illustr., 1880, 2 vol. in-4°. — **Le Renégat,** roman contemporain. Paris, Dentu [1876], in-18. Réimpr. sous ce titre : *Michel Berthier,* roman parisien, quatrième édition refondue. Paris, G. Dentu, 1883, in-18. — **L'Art et les artistes français contemporains.** Paris, Charpentier, 1876, in-18. — **Le Père,** pièce en 4 actes (en collab. avec Adrien Decourcelle), représentée au théâtre du Gymnase le 17 févr. 1877. Paris, Tresse, 1877, in-18. — **Association des artistes peintres, sculpteurs, architectes, graveurs et dessinateurs, fondée et présidée par M. le baron Taylor. Exposition des œuvres de M. Diaz de La Pena.** Notice biographique. Paris, Imprim. Jules Claye, mai 1877, in-16. (Portrait de Diaz). — **Le train n° 17**. Paris, Dentu, 1877, in-18. — **Le régiment de Champagne**, drame en 5 actes et 9 tableaux représenté sur la scène du théâtre historique le 17 sept. 1877. Paris, Tresse, 1877, in-12. — **Xavier de Maistre**. Paris, Impr. D. Jouaust, nov. 1877, in-8°. (Tiré à 50 exempl.). — **Les hommes du jour. M. J.-J. Henner, 1839-1878**, par un critique d'Art. Paris, G. Decaux, 1878, in-32, portrait. — **La maison vide**. Paris, Dentu, 1878, in-18. — **Une journée à l'abbaye de Valmont, octobre 1877**. Fécamp, Imprim. L. Monmarché, s. d. [1878], in-8°. — **Société des gens de lettres. Rapport sur les travaux du Comité pendant l'exercice 1877**. Paris, 1878, in-8°. — **Le troisième dessous**. Paris, Dentu, 1878, in-18. — **Les artistes français et l'Exposition Universelle de 1878**. Paris, G. Decaux, 1879, in-12. (Tiré à 100 exempl.). — **Béranger et la chanson**. Conférence faite au théâtre du Château-d'Eau le 13 avril 1879. Paris, Patay, 1879, in-18. — **Jules Dupré, 1811-1879**, par un critique d'Art. Paris, Libr. Illustr., 1879, in-32, portrait. — **Le Drapeau**. Edit. illustrée de grav. hors texte par Alphonse de Neuville, de grav. sur bois d'après les dessins de Edmond Morin, et du portrait de l'auteur, gravé à l'eau-forte, par A. Gilbert. Paris. G. Decaux, 1879, in-4°. Réimpr. : *Le Drapeau*, ouvrage couronné par l'Académie française. Paris, Calmann Lévy, 1886, in-18 ; *Le Drapeau*. Paris, Jeandé, 1900, in-32. — **La Fugitive**. Paris, Dentu, 1879, in-18. — **Les Mirabeau**, drame en 5 actes et 7 tableaux, représenté pour la première fois au Théâtre historique, le 31 oct. 1879. Paris, Tresse, 1879, in-18. — **La Maîtresse**. Paris, Dentu, 1880, in-18. — **Les murailles politiques de la France pendant la Révolution de 1870-71**. (Chute de l'Empire, la Guerre, la Commune), complém. indispensable de l'Histoire de la Révolution de 1870-71. Paris, Libr. Illustr., 1880. in-4°. — **Un livre unique. L'affaire Clémenceau, peinte et illustrée**. (Portrait d'Alexandre Dumas fils, gravé à l'eau-forte par A. Mongin d'après Meissonier ; dessins de E. de Beaumont, Gustave Boulanger, Victor Giraud, Schosser, Bonvin, Bellel, Guillaume, Meissonier, Solon, Ed. Hédouin, J. Jacquemart, Bouguereau, Cermak, L'Epine, Fortuny, Ballu et Chauvel). Paris, Gazette des Beaux Arts, (tirage à part), 1880, gr.

in-4º. — **La vie à Paris, 1880.** (*Première année*). Paris, Victor Havard, s. d. [1881], in-18. — **Les amours d'un interne.** Paris, Dentu, 1881, in-18. Réimp. : *Les amours d'un interne*. Nouv. éd. illustr. par Geo. Dupuis, grav. sur bois par G. Lemoine. Paris, P. Ollendorff, 1902, in-16. — **La Tzigane.** Paris, aux bureaux du Siècle, 1881, gr. in-8º à 2 col. (Dans le même vol. : *Un vieux papillon*, par Charles Joliet ; *les Degrés de l'échelle*, par Henry Gréville). — **Monsieur le Ministre,** roman parisien. Paris, Dentu, 1881, in-18. (Réimpr. : *Monsieur le Ministre*, dix compositions par Adrien Marie, gravées à l'eau-forte par Wallet. Paris, Quantin, s. d. [1886], petit in-4º ; *Monsieur le Ministre*. Paris, E. Fasquelle, 1904, in-18. — **Monsieur le Ministre,** comédie en 5 actes (collab. anonyme de A. Dumas fils et W. Busnach, représentée pour la première fois au théâtre du Gymnase dramatique, le 2 févr. 1883. Paris, Dentu, 1883, in-8º). — **Les semaines de deux parisiens,** par Mardoche et Desgenais [Jules Claretie], avec une préface de Gaston Bérardi. Paris, Dentu, 1881, in-18. — **Les Parisiennes,** par Mardoche et Desgenais [Jules Claretie]. Paris, Dentu, 1882, in-18. — **Peintres et sculpteurs contemporains.** Seize portraits gravés à l'eau-forte par L. Massard ; seize dessins dans le texte. Première série. Artistes décédés de 1870 à 1880. Paris, Libr. des Bibliophiles, 1882, in-8º. (*Henri Regnault. — O. Tassaert. — Hamon. — J.-F. Millet. — Corot. — Barye. — Pils. — Carpeaux. — Fromentin. — Diaz. — Courbet. — Daubigny. — Préault. — Daumier. — Couture. — Cogniet*). — **Peintres et sculpteurs contemporains.** Seize portraits gravés à l'eau-forte par L. Massard ; seize dessins dans le texte. Deuxième série. Artistes vivants en janv. 1881. Paris, Libr. des Bibliophiles, 1884, in-8º. (*Meissonier. — Baudry. — Gérôme. — Henner. — Doré. — Bonnat. — Carolus Duran. — J. Dupré. — Vollon. — L. Leloir. — Detaille. — J.-P. Laurens. — C. Jacques. — P. Dubois. — J. Lefebvre. — Falguière*). — **La Vie à Paris, 1881.** (*Deuxième année*). Paris, V. Havard, s. d. [1882], in-18. — **Le million,** roman parisien. Paris, Dentu, 1882, in-18. — **Un enlèvement au dix-huitième siècle.** Documents tirés des Archives Nationales. Paris, E. Dentu, 1882, petit in-8º. (Frontispice gravé). — **La Vie à Paris, 1882.** (*Troisième année*). Paris, V. Havard, s. d. [1883], in-18. — **Noris**, mœurs du jour. Paris, Dentu, 1883, in-18. — **Michel Berthier**, roman parisien. Paris, Dentu, 1883, in-18. — **Alphonse Daudet**, avec portrait et autographe. Paris, Quantin, 1883, in-18. — **François Coppée**, avec portr. et autogr. Paris, Quantin, 1883, in-18. — **A. Dumas fils**, avec portr. et autogr. Paris, Quantin, 1883, in-18. — **Edouard Pailleron**, etc. Paris, Quantin, 1883, in-18. — **Emile Augier**, etc. Paris, Quantin, 1883, in-18. — **Erckmann-Chatrian**, etc. Paris, Quantin, 1883, in-18. — **Oct. Feuillet**, etc. Paris, Quantin, 1883, in-18. — **Eug. Labiche**, etc. Paris, Quantin, 1883, in-18. — **Jules Sandeau**, etc. Paris, Quantin, 1883, in-18. — **Jules Verne**, etc. Paris, Quantin, 1883, in-18. — **Victor Hugo**, etc. Paris, Quantin, 1883, in-18. — **Victorien Sardou**, etc. Paris, Quantin, 1883, in-18. — **Ludovic Halévy**, etc. Paris, Quantin, 1883, in-18. — **Paul Déroulède**, etc. Paris, Quantin, 1883, in-18. — **Le prince Zilah**, roman parisien. Paris, Dentu, 1884, in-18. (Réimpr. : *Le prince Zilah*, illustr. de A. Calbet, J. Dedina et A. Boyé. Paris, Borel, 1898, in-18. — **Le Ménage Hubert**, précédé de une journée à Bellevue, par Jules Tibyl [Jules Claretie et Charles-Edmond]. Paris, Dentu, 1884, in-12. — **La Vie à Paris, 1883.** (*Quatrième année*). Paris, V. Havard, s. d. [1884], in-18 — **La Vie à Paris, 1884.** (*Cinquième année*). Paris, V. Havard, s. d. [1885], in-18. — **Confidences à propos de ma bibliothèque.** Portrait de Jules Claretie, gravé à l'eau-forte par Nargeot ; dessins dans le texte. Paris, Typographie du « Livre », chez A. Quantin, 1885, gr. in-8º. — **Jean Mornas.** Paris, Dentu, 1885, in-18. — **Le prince Zilah,** pièce en 5 actes tirée du roman de ce nom, représentée au théâtre du Gymnase le 28 févr. 1885. Paris, Dentu, 1885, in-8º. — **La Vie à Paris, 1885.** (*Sixième année*). Paris, s. d. [1886], in-18. — **47, chaussée d'Antin.** Récits, contes et nouvelles. Paris, 1886, in-18. (Publ. collective de la Société des gens de lettres. *Préface* et *En partie double*, par Jules Claretie. — **Journées de vacances.** Paris, Dentu, 1886, in-18. — **La canne de M. Michelet.** *Promenades et souvenirs.* Préface par Alfred Mézières de l'Académie française. Douze compositions de P. Jazet gravées à l'eau-forte par H. Toussaint. (Portrait de l'auteur gravé par Burney, d'après Ulmann). Paris, L. Conquet, 1886, petit in-8º. — **Candidat !** Paris,

Dentu, 1887, in-18. — **Les livres du Peuple.** (Jules Claretie, *Les derniers Montagnards*) Paris, Boulanger, 1887, gr. in-18. — **La Mansarde.** Paris, Marpon et Flammarion (collect. des auteurs célèbres), 1887, in-18. — **Bouddha.** Frontispice et 10 vignettes, dessinées par Robaudi, gravées par A. Nargeot. Paris, L. Conquet, 1888, in-18. — **Discours de réception de M. Jules Claretie.** (Séance de l'Académie française du 21 févr. 1889). Paris, Impr. Firmin Didot, 1889, in-4°, et Calmann Lévy, 1889, in-8°. — **L'Académie française en 1789,** lu dans la séance publique des cinq académies du 25 oct. 1889. Paris, Imprim. Firmin Didot, 1889, in-4°. — **Discours prononcés aux funérailles de M. Emile Augier, de l'Académie française, le 28 oct. 1889,** par MM. Gréard, etc., François Coppée, etc., et Jules Claretie, etc. Paris, Impr. Firmin Didot, 1889, in-4°. — **Puyjoli.** Paris, Dentu, 1890, in-18. — **La Cigarette.** Paris, Dentu, 1890, in-18. — **La Bouquetière.** (*Paris qui crie. Petits métiers*). Impr. pour les « Amis du Livre », 1890, petit in-4°. — **La comédie à Trianon.** A-propos en vers composé pour la représentation donnée sur le théâtre de Trianon au bénéfice de la statue de Houdon, le 1er juin 1891. Paris, Imprim. Firmin Didot (imprim. à la suite des discours de MM. Henri Delaborde et Gustave Larroumet), 1891, in-4° ; Versailles, Cerf, 1891, in-8°, et Paris, A. Lemerre, 1891, in-4°. — **Discours prononcés aux obsèques de M. Octave Feuillet, de l'Académie française, le 31 déc. 1890,** par MM. Gustave Larroumet, etc., Mezières, etc., Jules Claretie, etc., et Henri de Bornier. Paris, Imprim. Chaix, 1891, in-8°. (Ce discours de Jules Claretie avait été imprimé précédemment avec celui de M. Mezières, par Firmin Didot, 1891, in-4°. — **Catissou** suivi de **Fuyet. Une course de taureaux à Madrid.** Paris, Gautier, 1891, in-8°. — **L'Américaine,** roman contemporain. Paris, Dentu, 1892, in-18. — **Discours prononcé au banquet offert à M. Jules La Roche, sociétaire de la Comédie française, à l'occasion de sa nomination de chevalier de la Légion d'Honneur.** Paris, Imprim. Chamerot et Renouard, s. d. [1893], petit in-8°. — **Discours prononcé dans la séance publique tenue par l'Académie française pour la réception de M. Thureau-Dangin, le 14 déc. 1893,** par MM. Thureau-

Dangin et Jules Claretie. Paris, Impr. Firmin Didot, 1893, in-4°. — **Dîner à l'occasion du 272ᵉ anniversaire de la naissance de Molière. Discours.** Paris, Hôtel des Sociétés Savantes, 1894, in-4°. — **La Navarraise**, épisode lyrique en deux actes (en collab. avec Henri Caïn). Musique de J. Massenet. (Représenté pour la première fois au Théâtre Royal de Covent-Garden, à Londres, le 20 juin 1894). Paris, Heugel, 1894, in-18. — **Discours prononcé aux obsèques d'Auguste Caïn.** (Discours de Henri Havard, Champoudry et Jules Claretie). Evreux, Imprim. de C. Herissey, 1894, in-8°. — **La Frontière.** Illustr. de G. Picard. Paris, Dentu, 1894, in-18. — **Mariage manqué.** Illustr. de Magron. Paris, C. Mendel, 1894, gr. in-8°. — **Explication.** Illustr. de Robida. Paris, Libr. Illustr., 1895, in-4°. — **Edouard Thierry, 1813-1894.** (Discours de MM. Théodore Cahu, Jules Claretie, Henri de Bornier). Paris, Plon-Nourrit et Cᵢₑ, 1895, in-8°. — **La Vie à Paris, 1895.** Paris, G. Charpentier et E. Fasquelle, 1896, in-18. — **Brichanteau comédien.** Paris, E. Fasquelle, 1896, in-18. — **La Divette.** Illustr. de L. Marold. Paris, Borel, 1896, in-32. — **Fabre d'Eglantine et la Comédie française.** Lecture faite à la séance annuelle de la Société de l'Histoire de la Révolution le 14 mars 1897. Paris, Au siège de la Société, 1897, in-8°. — **L'Accusateur**, roman parisien. Paris, E. Fasquelle, 1897, in-18. — **Pages choisies des auteurs contemporains. Jules Claretie.** Paris, A. Colin, 1897, in-18. — **La Vie à Paris, 1895.** Paris, E. Fasquelle, 1897, in-18. — **Paris assiégé. Champigny. Buzenval.** Paris, Gautier, 1897, in-8°. — **Prix de vertu.** Discours prononcé par M. Jules Claretie, directeur de l'Académie française, dans la séance publique du 18 nov. 1897, sur les prix de vertu. Paris, Imprim. Firmin Didot et Cᵢₑ, 1897, in-18. — **La Vie à Paris, 1897.** Paris, E. Fasquelle, 1898, in-18. — **Un chapitre inédit de Don Quichotte avec trente-et-une illustrations**, par Atalaya, gravées sur bois par Henri Brauer. Paris, H. Floury, 1898, in-4° et in-16. — **Récits de guerre. Paris assiégé, 1870-71.** Illustr. par Alphonse de Neuville, Edouard Detaille, Puvis de Chavannes, etc., et d'après la collection composée par M. A. Binant. Paris, J. Boussod, Manzi, Joyant et Cᵢₑ, 1898-1899, in-4°. — **La Vie à Paris, 1898.** Paris, E. Fasquelle,

1899, in-18. — **Toast au troisième banquet de la Comédie française.** (278e *anniversaire de Molière*). S. l. n. d. [Paris], 14 févr. 1900, in-12. (Tir. à *100* exempl.). — **La Vie à Paris, 1899.** Paris, E. Fasquelle, 1900, in-18. — **La Vie à Paris, 1900.** Paris, E. Fasquelle, 1901, in-18. — **Le Sang français,** nouvelles et récits. Paris, E. Fasquelle, 1901, in-18. — **La Corde.** Illustr. de Ch. Jouas, gravées par Boisson. Paris, imprimé pour les Amis des livres, 1901, in-8o. — **Costumes et souvenirs historiques.** (Musée rétrospectif des classes 85 et 86. Le costume et ses accessoires à l'Exposition Universelle internationale de 1900, à Paris). Saint-Cloud, Imprim. Belin, frères, s. d., gr. in-8o. — **Victor Hugo. Souvenirs intimes.** Paris, Libr. Molière, s. d. [1902], in-18. (Portrait de Victor Hugo). — **Profils de théâtre.** Paris, Gaultier-Magnier, 1902, in-18. Réimpr. : *Profils de théâtre.* Paris, E. Fasquelle, 1904, in-18. — **La Vie à Paris, 1901-1903.** Paris, E. Fasquelle, 1904, in-18. — **Femmes et déesses.** Préface s. l. (Valence, Céas, 1902), 1904, in-8o. [Signé Jules Claretie, 30 juillet 1902]. — **La maison de Victor Hugo, place Royale.** Paris, Ed. Pelletan, 1904, petit in-4o. (Tiré à 75 exempl.). — **Une visite à l'Imprimerie Nationale.** Paris, Impr. Nationale, 1904, petit in-4o. — **Rousseil.** Paris, Mersch, 1904, petit in-8o. (Extrait du *Figaro,* 9 févr. 1884, publié sous le pseudonyme de Croisilles). — **La Vie à Paris, 1904.** Paris, E. Fasquelle, 1905, in-18. — **Brichanteau célèbre.** Paris, E. Fasquelle, 1905, in-18. — **La Vie à Paris, 1905.** Paris, E. Fasquelle, 1906, in-18. — **Institut de France. Académie française. Discours prononcé à l'inauguration de la statue d'Alfred de Musset à Paris le vendredi 23 févr. 1906.** Paris, Imprim. Firmin Didot et Cie, 1906, in-4°. (Discours de MM. F. Coppée et Claretie).

PRÉFACES, INTRODUCTIONS, NOTICES, LETTRES, etc.

Arsène Alexandre : *Acteurs et actrices d'aujourd'hui. Suzanne Reicheuberg, Les ingénues au théâtre.* Préface. Paris, F. Juven, 1898, in-4o. — **Auteurs et acteurs. Catalogue de l'exposition de portraits installés dans**

les galeries du **Théâtre d'Application**, etc. Préface. Paris, Aron fr., 1899, in-8º. — **A. d'Atri** : *Giuseppe Zanardelli et l'Italie moderne*. Avant-propos. Paris, 1903, in- . — **Henri Avenel** : *La Presse française au XXe siècle, etc.* Préface. Paris, E. Flammarion, 1901, in-8º. — **Général O. Baratieri** : *Mémoires d'Afrique. 1892-1896.* (Préface). Paris, G. Delagrave, 1899, in-8º. — **D[r] Ch. Barbaud** : *Le Nervosisme aux stations thermales.* Préface. Paris, Jouvet, 1893, in-18. — **Eug. Béjot** : *Du 1er au 20e. Les arrondissements de Paris.* Préface. — **Paul Belon et Georges Price** : *Paris qui passe.* Préface. Paris, Savine, 1888, in-18. — **Emile Blavet** : *La vie parisienne, 3e année.* Préface. Paris, Ollendorff, 1887, in-18. — **Emile Blémont** : *Théâtre Moliéresque et Cornélien.* (Etude et lettre sur Molière). Paris, A. Lemerre, 1898, in-18. — **Petrus Borel** : *Madame Putiphar, seconde édition.* Préface. Paris, Wilhem, 1877, in-8º. — **Georges Büchner** : *La mort de Danton, drame en 3 actes, etc.* Préface. Paris, Westhausser, 1889, in-18. — **Doct. Cabanès** : *La Névrose révolutionnaire.* Préface. Paris, Soc. franç. d'imprim. et de libr., 1906, in-8º. — **Carlochristi** [A. Christian] : *Contes pantagruéliques.* Premier sixain. Préface. Paris, L. Conard, H. Champion, 1905, in-8º. — **Yan de Castétis** : *L'héritage de Pierrech.* Lettre préface. Paris, Westhausser, s. d., gr. in-8º. — **Catalogue illustré des œuvres de C. A. Sollier (1830-1882)**, exposées à l'Ecole des Beaux-Arts. Notice. Paris, Baschet, 1884, in-8º. — **Marquis de Cherville** : *La vie à la campagne.* Préface. Paris, Dreyfus, 1879, in-18. — **Marquis de Cherville** : *Les mois aux champs.* Préface. Paris, Libr. du Temps, 1886, in-18. — **Arthur Christian** : *Débuts de l'imprimerie en France. L'Imprimerie Nationale. L'Hôtel de Rohan.* Préface. Paris, 1905. **Albert Christophe** : *Fables.* Préface. Paris, A. Lemerre, 1902, in-16. — **Ch. Clairville** : *La fille de Mme Angot.* Notice historique. Paris, Tresse, 1873, in-18. — **Léo Claretie** : *Paris, depuis ses origines jusqu'en l'an 3000.* Préface. Paris, Charavay fr., 1886, in-4º. — **Emile Dacier** : *Le Musée de la Comédie française.* Préface. — **Camille Debans** : *Histoires de tous les diables.* Préface. Paris, Dentu, 1882, in-18. — **Delaunay** (de la Comédie française) : *Souvenirs recueillis par le Cte Fleury.* Préface. Paris, Calmann Lévy, 1901, in-18. — **A.-J. Delaunay** : *Artistes scandi-*

naves. Préface. — **André Delcamp** : *L'année théâtrale*. Préface. Paris, Albin Michel, 1906, in-8°. — **Georges Denoinville** : *Sensation d'art, 3e série*. Lettre. Paris, V. Villerelle, 1901, in-18. — **Camille Desmoulins** : *Discours de la Lanterne aux Parisiens*, suivi de notes par Jules Claretie et préc. des deux lanternes par J. Rouquet. Paris, Degorge-Cadot, 1868, in-32. — **Camille Desmoulins** : *Œuvres recueillies* et publiées d'après les textes originaux, augmentées de fragments inédits, de notes et d'un index et précédées d'une étude biographile et littéraire. Paris, Charpentier, 1874, 2 vol. in-18. — **Maurice Dreyfous** : *Satires politiques, philosophiques et religieuses*. Préface. Paris, Libr. Internation., 1862, in-18. — **Capitaine Driant** : *Guerre de demain*. Lettre. Préface. Paris, Fayard, 1889-1891, in-4°. — **Victor du Bled** : *Orateurs et Tribuns, 1789-1794*. Préface. Paris, Calmann Lévy, 1891, in-18. — **Alexandre Ducros** : *Poésies nouvelles, 1852-1885*. Lettre. Préface. Paris, Dentu, 1885, in-4°. — **Alfred Duguet** : *La victoire à Sedan*. Témoignage préliminaire. — **Edmond Dutemple** : *De l'indifférence en matière de politique*. Lettre. Paris, Lacroix, etc., 1869, in-18. — **Auguste Erhard** : *La Princesse Casse-Cou*. Préface. Paris, 1884, in-18. — **Amélie Ernst** : *Introduction contre les monologues*. Introduction. Neuchâtel, Attinger, 1894, in-8°. — **Paul Eudel** : *L'Hôtel Drouot en 1881*. Préface. Paris, Charpentier, 1882, in-18. — **Paul Eudel** : *Théâtre*. Préface. Paris, Libr. Molière, 1903, in-16. — **Capitaine Fanet** : *Les fêtes régimentaires en France et à l'Etranger*. Lettre. Paris et Limoges, Charles-Lavauzelle, 1895, in-8°. — **Ferd. Faniot** : *Les Apôtres du mal*, drame en 5 actes. Préface. Paris, Tresse, 1872, in-18. — **Frédéric Febvre** : *Au bord de la Scère*. Préface. Paris, Ollendorff, 1889, in-18. — **Frédéric Febvre** : *Journal d'un comédien, I*. Préface. Paris, P. Ollendorff, 1896, in-8°. — **J. [eanne] de Flandresy** : *Femmes et déesses. La Venus de Milo. La Joconde. Les Trois Grâces de Raphaël. Les Muses de Puvis de Chavannes*. Préface. P. Ollendorf, 1903, gr. in-4°. — **Capitaine Charles François** : *Journal du capitaine François (dit le Dromadaire d'Egypte), 1792-1830*, publié d'après le Ms. origin. par Charles Grolleau, Préface. Paris, C. Carrington, 1903-1904, 2 vol. in-8°. — **Louis Fréchette** : *Poésies canadiennes. La légende d'un peuple*. Paris, Libr. Illustr., 1887, in-8°. Ed. corrigée. Préface. Québec, C. Darveau, 1897, in-8º. — **André Geiger** : *André.* Préface. Paris, E. Fasquelle, 1903, in-18. — **Albert Glatigny** : *Sa bibliographie,* précédée d'une notice littéraire, par M. Jules Claretie, et ornée d'un portrait gravé à l'eau-forte par M. Frédéric Régamey. Paris, J. Baur, 1875, petit in-8º. — **Paul Ginisty** : *L'année littéraire (4ᵉ année, 1888).* Préface. Paris, Charpentier, 1889, in-18. — **Général Govone** : *Mémoires.* Préface. — **Léon Gozlan** : *Balzac intime. Balzac en pantoufles. Balzac chez lui.* Nouvelle édition. Préface. Paris, Libr. Illustr., 1886, in-12. — **Théodore de Grave** : *Les Duellistes.* Préface. Paris, Dentu, 1868, in-18. (Réimpr. sous ce titre : *Les Drames de l'Épée*). — **Jules Grisez-Droz** : *L'Orgueil du Drapeau.* Lettre. Paris, Impr. F. Appel, 1899, in-16. — **André Hesse** : *Code pratique du théâtre.* Préface. Paris, P. V. Stock, 1903, in-18. — **Mᵐᵉ Huguette** [Mᵐᵉ J. Bodin] : *Nos fleurs.* Petites causeries botaniques. Préface. Paris, Libr. Illustr., 1887, in-18. — **Firmin Javel** : *Treize à table.* Préface. Paris, Libr. Internat., 1867, in-18. — **Jean Bernard** [Passerieu] : *Les lundis révolutionnaires. Histoire anecdotique de la Révolution française, I.* Préface. Paris, G. Maurice, 1890, in-18. — **A. Joannidès** : *La Comédie française de 1680 à 1900. Dictionnaire génér. des pièces et des auteurs.* Préface. Paris, Plon-Nourrit, 1901, gr. in-8º. — **Fr. Kohn-Abrest** : *Guerre d'Orient. Campagne de 1877. Zig-zags en Bulgarie.* Préface. Paris, Charpentier, 1879, in-18. — **Ad. Laferrière** : *Souvenirs d'un jeune premier.* Préface. Paris, 1885, in-18. — **Joseph Lafon-Labatut** : *La femme du diable,* légende périgourdine. Préface. Périgueux, Imprim. Rastouil, 1879, in-18. — **Joseph Lafon-Labatut** : *Les derniers tâtonnements.* Préface. Terrasson (Dordogne), Gabr. Lafon, 1890, in-18. — **Jean de La Fontaine** : *Les amours de Psyché et de Cupidon.* Nouv. éd. ornée de 26 fig. de Borel gravées en couleurs par Vigna-Vigneron. Préface. Paris, T. Belin, 1899, 2 vol. in-fol. — **Paul Lagrange** : *Contes militaires.* Préface. Paris, Ch. Lavauzelle, 1894, in-18. — **Marc Langlais** : *La Coudraie, histoire d'un fermier et d'un instituteur.* Lettre. Paris, Vanier, 1901, in-18. — **Armand Lapointe** : *Le cousin César.* Préface. Paris, Plon, 1883, in-18. — **Philippe Larondé** [Philippe Chapelle] : *Mademoiselle d'Espalbère.* Préface. Paris, Libr. Internat., 1869, in-18. — **Maurice Lefèvre** : *A travers chants.* Préface. Paris, Ollendorff,

1893, in-18. — **Lemercier de Neuville** : *Histoire anec-dotique des maisonnettes.* Préface. Paris, Calmann Lévy, 1892, in-18. — **Charles Leser** : *La Vie militaire.* Préface. Paris, Berger-Levrault, 1887, in-18. — **Paul Lindau** : *Monsieur et Madame Bewer.* Préface. Paris. Hinrischsen. 1884, in-18. — **Longus** : *Daphnis et Chloé*, trad. de J. Amyot, revue corr. etc., par P.-L. Courrier, compositions de R. Collin, gravées par Champollion. Préface. Paris, Boudet, 1890, in-8°. — **Henry Lumière** : *Le théâtre français pendant la Révolution 1789-1799.* Lettre-Préface. Paris, Dentu, 1894, in-18. — **Maurice Magnier** : *La Danseuse.* Lettre-Préface. Paris, Marpon et Flammarion, 1885, in-4°. — **Xavier de Maistre** : *Voyage autour de ma chambre, suivi de l'Expédition nocturne.* Préface. Paris, Libr. des Bibliophiles, 1877, in-16. — **Adrien Maquet** : *Bougival et la Celle Saint-Cloud.* Préface. Paris, 1884, in-18. — **Mariani** : *Figures contemporaines, 4e volume.* Préface. Paris, H. Floury, 1897, 1899, gr. in-8°. — **Marquet de Vasselot** : *Histoire des sculpteurs français* (de Charles VIII à Henri III). Préface. Paris, Dentu, 1888, in-8°. — **Marquis Philippe de Massa** : *Zibeline*, roman. Préface. Paris, Ollendorff, 1892, in-18. — **Lieutenant Maury** : *Aux soldats. Histoire d'un régiment, Bourgogne : 59e demi-brigade de bataille, 59e régiment d'infanterie de ligne.* Préface. Paris, Impr. Gadrat aîné, 1899, in-16. — **Henri Mazereau et Edouard Noël** : *Les manœuvres de forteresse (souvenirs de l'aujours).* Préface. Paris, Berger-Levrault, 1895, in-16. — **Jules Michelt** : *Les femmes de la Révolution. Etude.* Paris, Flammarion, 1898, in-8°. — **André Monselet** : *Charles Mouselet, sa vie, son œuvre.* Préface. Paris, Testard, 1892, in-8°. — **Georges Monval** : *Les collections de la Comédie française, catalogue historique et raisonné.* Préface. Paris, Soc. de propagation des livres d'art, 1897, gr. in-8°. — **Louis Morin** : *French illustrators.* Préface. New-York, C. Scribner, 1893, in-fol. — **Comte Charles de Moüy** : *Mademoiselle de Valgenseuse.* Lettre. Paris, A. Lemerre, 1898, in-18. — **Nancy-Vernet** : *Mimose, plaquettes de cœur.* Préface. Paris, Soc. d'Ed. littéraires, 1899, in-18. — **Edouard Noël** : *Le capitaine Loys*, conte dramat. en 3 actes et 6 tableaux. Préface. Paris, E. Flammarion, 1899, in-18. — **Edouard Noël et Edmond Stoullig** : *Les Annales du théâtre et de la musique*, troisième année, 1887. Préface. Paris, Charpentier, 1888. in-18. — **Paul Parfait** : *Petit Pierre, la maison du Juif, etc.* Préface. Paris, Calmann Lévy, 1889, in-18. — **Charles Timoléon Pasqualini** : *Choses du siècle et choses du cœur.* Préface. Paris, H. Floury, 1902, in-16. — **Capitaine Paimblanc du Rouil** : *Le capitaine la Tour d'Auvergne Cooret, premier grenadier des armées de la République.* Lettre-Préface. Paris, Imprim. Chaix, 1897, in-18. — **Eugène Perbal** : *Les acteurs de la vie. Scènes et comédies rapides.* Préface. Paris, 1906. — **Guy Péron** : *Les derniers invalides.* Préface. — **Pibrac** : *Les Quatrains etc.*, suivis de ses autres poésies. Notice. Paris, A. Lemerre, 1874, in-12. — **H. Prudent** : *Les salles de spectacle construites par Victor Louis à Bordeaux.* Préface. — **G. Renault** : *Les rois du ruisseau.* Lettre-Préface. — **Gaston Richard** : *Petits poèmes.* Lettre-Préface. Paris, Libraires associés, 1896, in-18. — **Mᵐᵉ Roland** : *Mémoires.* Préface. Paris, Libr. des Bibliophiles. 1884, 2 vol. in-18. — **Jan Rosmer** : *Promenades de deux enfants à travers Paris.* Préface. Paris, Firmin Didot, 1903, gr. in-8°. — **J.-J. Rousseau** : *Les Confessions.* Illustr. de Maurice Leloir. Préface. Paris, Launette, 1888-1890, 2 vol. in-4°. — **Bernardin de Saint Pierre** : *Paul et Virginie.* Préface. Paris, Quantin et Cⁱᵉ, 1877, in-8°. — **Mᵐᵉ Samson** : *Rachel et Samson,* souvenirs de théâtre par la veuve de Samson. Préface. Paris, Ollendorff, 1898, in-18. — **Scarron** : *Don Japhet d'Arménie,* comédie en vers réduite en 3 actes par Jules Truffier. Préface. Paris, A. Lemerre, 1893, in-16. — **[Commandant Jean-Baptiste Schambion]** : *Le commandant Bou Saïd. Les trois divorces de Yamina.* Préface. Paris, Melet, 1895, in-16. — **Léon Séché** : *Amour et Patrie,* poésies. Lettre-préface. Paris, A. Lemerre, 1875, in-8°. — **Mathilde Shaw** : *Illustres et inconnus.* Souvenirs de ma vie. Préface. Paris, E. Fasquelle, 1906, in-18. — **Jean Sigaux** : *Le Paysan.* Lettre. Paris, 1887, in-18. — **Armand Silvestre** : *Floréal.* Préface. Paris, Delagrave, 1891, in-4°. — **Dʳ Gustave Simon** : *La confusion d'une mère.* Préface. — **Alfred Sirven** : *La Linda,* roman parisien. Paris, Bourloton, 1889, in-18. — **Daniel Sivet** : *Les Enamourées.* Préface. Paris, Dentu, 1885, in-18. — **Henri de Soria** : *Histoire pittoresque de la danse.* Lettre-préface. Paris, H. Noble, 1897, gr. in-8°. — **Souvenirs de Léonard,** coiffeur de la reine Marie-Antoinette, etc. Préface. Paris, Arth. Fayard, s. d.

[1905], gr. in-8°. — **La Terre de France**. Préface. Paris, L. Boulanger, 1898-1899, gr. in-4°, fig. — **Adolphe Tavernier et Arsène Alexandre** : *Le guignol des Champs-Elysées*. Préface. Paris, Marpon et Flammarion, 1889, gr. in-8°. — **André Theuriet** : *Sous bois*, nouv. édit. illustrée de 78 compositions de Giacomelli. Préface. Paris, Conquet, 1884, in-8°.

A CONSULTER

Henri d'Alméras : *Avant la gloire. Leurs débuts*, 1re série. Paris, Soc. française d'imprim. et de libr., 1902, in-12. — **O. Beauchamp** : *Les contemporains célèbres*. (Notice par Paul Acker. Portrait humoristique de Capiello). Paris, E. Bernard, 1905, gr. in-4°. — **H. Bonnemain** : Introduction aux « *Pages choisies de Jules Claretie* ». Paris, A. Colin, 1897, in-18. — **Adolphe Brisson** : *Portraits intimes*, 2e série. Paris, A. Colin, 1896, in-18 ; *Portraits intimes*, 3e série. Paris, A. Colin, 1897, in-18. — **G. de Cherville** : *Jules Claretee* avec portrait et fac simile. Paris, Quantin, 1883, in-18. — **[Georges Decaux]** : *Jules Claretie, 1840-1878, par un Bibliophile*. Paris, Libr. Illustr., 1879, in-12. (Portrait de Jules Claretie). — **René Delorme** : *Jules Claretie*. Galerie contemporaine de L. Baschet. Paris, s. d. in-18. (Cf. Decaux). — **Jules Huret** : *Enquête sur l'Evolution littéraire*. Paris, Charpentier et Fasquelle, 1894, in-18. — **Gabriel B. Moreno del Christo** : Julio Claretie. Paris, Imprim. Garnier, 1893, in-8°. — **Ernest Renan** : *Séance de l'Académie française du 21 février 1889. Réponse de M. Renan au discours de M. Jules Claretie*. Paris, 1889, in-8°. — **Francisque Sarcey** : *Quarante ans de théâtre, etc.* Paris, Biblioth. des « Annales politiques et littéraires », 1901-1902, in-18. (Tome VII). — **Souvenir à M. Jules Claretie, administrateur général de la Comédie française, vingt ans d'administration, 20 oct. 1885, 20 oct. 1905**. Paris, Impr. L. Maretheux, s. d. [1905], in-8°. — **Georges Vicaire** : *Manuel de l'amateur de livres du XIXe siècle, 1801-1893*. Paris, A. Rouquette, 1895, in-8°, tome II.

AD. B.

Imp. A. Lemercier, 5, Rue Yvers, Niort.